Detektiv Sören

Robin Hedberg

Detektiv Sören

© Robin Hedberg 2022
Förlag: BoD – Books on Demand, Stockholm, Sverige
Tryck: BoD – Books on Demand, Norderstedt, Tyskland
ISBN: 978-91-8057-033-6

<h1 style="text-align:center">§ 1 §</h1>

Telefonen ringde inne på mitt kontor, detektiv Sören Hedström. Så som den gjort många gånger förut. Men det här samtalet visade sig vara något helt annat än vad jag var van vid och skulle dessutom leda till mitt svåraste fall någonsin. Låt mig berätta för er vad som förändrade min syn på detta yrke och det var inte det enda som skulle förändras. Min hälsningsfras för alla telefonsamtal lyder » Detektiv Sören. Löser allt snabbt och billigt.« Ni behöver inte säga det för jag är väl medveten om att det är väldigt självsäkert att tro att man kan lösa allt. Dessutom skulle starka bevis inom en snar framtid övertyga mig om att långt ifrån allt går att lösa snabbt. Det var en kvinna som ringde. Rösten var väldigt bekant som den bör vara eftersom det var min kusins fru, Eva, som ringde. Förvånad sa jag att det var trevligt att hon ringde mig. Men att det inte passar sig att prata om privata saker under arbetstid. Om jag bara hade vetat att vad hon skulle säga härnäst skulle ge mig en rysning och en oroskänsla starkare än vad jag någonsin känt tidigare. Hennes man Kent var försvunnen. Känslorna förvåning och chock infann sig snabbt. Många frågor dök också upp i mina tankar.

- Jag uppskattar verkligen att du ringde för att berätta det här. Men skulle det inte vara bättre att informera polisen om detta i stället?

- Det kanske hade varit det bästa. Men eftersom ni är släkt var min tanke att du ville lösa det här personligen. Dessutom har jag inget större förtroende för polisen här i stan. Det har varit många inbrott det senaste halvåret men ingen har blivit gripen för något av dom.

- Men även om det är så du känner för polisen så måste du förstå att dom har mycket mer utrustning än mig. För att inte nämna mer personal. Vilket gör att dom kan sprida ut sig och täcka stora ytor betydligt bättre än vad jag kan göra.

– Jag vet det. Men polisen ger mig inga förhoppningar om att dom ens kommer göra ett försök att hitta honom. Du har ett annat sätt att tänka på än dom. Plus att ni är släkt. Så du känner honom och vet lite mer om hur han är som person i det privata. Du har mitt fulla förtroende.

– Okej då. Jag tar mig an fallet. Man kan ju inte bara stå och inte göra något när en släkting försvunnit. När såg du honom senast?

– Igår på morgonen. Han skulle gå ut och träffa grabbarna. Och skulle komma hem igen framåt elva igår kväll. Men det gjorde han aldrig. Oron gör att jag inte vågar vänta längre. Klockan är snart tolv och han har inte hört av sig.

– Okej, du kan inte få tag i honom på något annat sätt, antar jag?

– Jag har försökt men har inte lyckats nå honom hur jag än försökte.

– Okej, det låter som att det inte finns någon tid att förlora. Det är lika bra att sätta i gång direkt.

– Behöver du något så hör bara av dig så hjälper jag dig så gott det går.

– Tack, det kan behövas. Nu får du ursäkta mig. Jag kom precis på en sak. Så fort något av värde kommer fram så hör jag av mig. Hej så länge.

Eva hann inte ens säga hejdå innan jag hade lagt på. Det var något hon sa som fick mig att tänka till. Att klara det här ensam var kanske inte det bästa. Hon erbjöd ju sin hjälp. Men det bästa för mig är nog att försöka anställa en kollega. Någon att bolla idéer med och som är med mig hela arbetsdagen. Visserligen har man klarat sig så här långt utan problem. Det är sällan mina tankar är ute och cyklar så att säga. Men man vet ju aldrig. Nu när det är en släkting som har försvunnit så kan det vara svårt att fokusera när ens privata känslor kan bli för starka. För att få tag i en kollega så fort som möjligt satte jag en lapp utanför kontoret samt en annons på internet. Mina förhoppningar var inte så stora. Dels för att det här jobbet inte är för vem som helst, dels så är min tid begränsad. Men en kopp kaffe kan man ju ta medan man väntar på svar. Är det helt tyst när koppen är tom så får man väl börja ensam så länge. Och hoppas att det går att få tag i någon senare. Visst var det en väldigt kort tid att förvänta sig ett svar på men det finns egentligen ingen tid alls att förlora. Under tiden som jag njöt av kaffet så började tankarna få fart. Var ska man börja leta? Har han blivit kidnappad eller ännu värre, mördad? Nej, usch, så långt får det inte ha gått. Ibland så flyger min fantasi iväg. Dom säger att det inte skadar att ha fantasi. Men min är nästan lite väl extrem och passar inte alltid ihop med mitt yrke om man säger så. Fem minuter senare var kaffet slut och det var dags att röra på sig. Som sagt så är min tid väldigt begränsad. Men eftersom mitt telefonnummer står på lappen så kommer dom sökande alltid att kunna nå mig. När jag öppnade min dörr stod det en man utanför som precis skulle knacka på. Det var inte långt ifrån att han slog mig i ansiktet när dörren öppnades framför honom. Mannen var ungefär hundraåttio centimeter lång. Hade svarta jeans och en enkel färgad blå tröja. Det som fick mig att reagera lite extra var att han hade vita gympaskor på sig. Dom syntes väldigt tydligt i kontrast mot byxorna. Vilken klädstil vissa har. Det är lite skillnad mot en annan som har klassiskt blåa jeans, min tröja samt mina skor var svarta. Mina kläder är helt klart mer diskreta. Mina tankar avbröts av mannen som efter en stunds förvåning började prata.

– Oj, ursäkta. Inte visste jag att dörren öppnades automatiskt.

– Det gör den inte heller. Det var bara att jag var på väg ut. Kan jag hjälpa dig med något?

– Jo, det gällde jobbet. Om det inte är tillsatt redan förstås. För i så fall ber jag om ursäkt för att ha stört dig.
– Du är faktiskt den enda sökande så här långt så platsen är ledig.
– Underbart. Men har ni tid nu eller ska vi ta det vid ett senare tillfälle?
– Vi kan ta en snabb intervju under tiden som vi går ut. Blir en kort variant men förhoppningsvis ger den en tillräckligt bra grund. Min första fråga är vad du heter? Det blir lättare att tilltala dig med ett namn.
– Ja, men självklart. Henry.
– Okej, Henry. Vad fick dig att ta steget att söka det här jobbet?
– Arbetslös och sugen på något spännande yrke.

Hans svar fick mig att kolla på honom. För att se om han menade allvar. Och det verkade så. Han bara log mot mig.

– Spänning är garanterat något du kommer få uppleva. Hur funkar du under press? Det här är ett väldigt stressigt jobb för det mesta.
– Det blir väldigt tungt om man hamnar under press. Men stress klarar jag utan problem.

Det här var då en skojfrisk kille. Han verkar svara ärligt i alla fall.

– Och hur är din erfarenhet när det kommer till sådant här?
– Obefintlig. Men jag är väldigt snabblärd. Det är åtminstone vad jag har fått höra medan jag jobbade inom industrin. Anteckna däremot är något som alltid har legat mig varmt om hjärtat, så det går med hög fart.
– Okej, det låter ju bra med anteckningsförmågan. Då säger vi så här, Henry. Du är härmed provanställd hos mig. Så får vi se hur bra vi jobbar ihop. Går allt bra så fortsätter vi samarbeta.
– Underbart. Vilken glädje man känner när man fått ett jobb. Så vad är det första vi ska göra?

- Anledningen till att annonsen kom ut är att jag precis fått ett stort fall. Det är en nära släkting till mig som har försvunnit.
- Ajdå, det var tråkigt att höra. Men var inte orolig, det löser vi.
- Det får vi hoppas. Men det är något med det här som känns skumt.

Henry kollade konstigt på mig och rörde sedan runt i luften med sina händer innan han svarade.

- Nej vadå? Jag känner inget.

Det här fick mig att börja tveka på om detta verkligen var en så bra idé. Det var ju inte så här man hade tänkt sig att kollegan skulle bete sig. Men antar att han är bättre än inget.

- Du chefen. Var har du tänkt att vi ska börja vår undersökning?
- Kalla mig Sören är du snäll. Kent är bowlare så vi börjar i bowlinghallen. Eftersom han är stamgäst där så känner personalen igen honom.
- Det låter bra. Då kan dom ge oss mycket information om honom. Som när han var där senast till exempel.
- Precis min tanke. Låt oss hoppas att det här ger oss det vi behöver.
- Du menar att det brukar vara så lätt att du bara behöver ställa några frågor på ett enda ställe för att lösa dina fall? Imponerande.
- Nja, så lätt är det kanske inte. Men det behövs i regel inte så mycket för att få igång tankeverksamheten.
- Det är inte konstigt att du får många uppdrag, med tanke på hur snabbt du verkar kunna slutföra dom.

För att ta sig till bowlinghallen behöver man inte ta bilen som tur är. Det är en kort promenad på cirka fem minuter från mitt kontor. Ut på Storgatan och sen bara följa den. Så ligger den på höger sida. Trottoaren är bred här i stan. Det är inga problem att gå tre, kanske till och med fyra personer i bredd. Gatan är kullerstensbelagd. Så den ser fin ut men är inte den bekvämaste att åka på. Det är inte heller det smidigaste att gå på. Sticker en sten upp lite högt är det lätt att snubbla till. Eftersom mina tankar redan hade börjat tänka ut hur jag skulle formulera frågorna till ägaren så märkte jag inte att Henry stannat och tittade in i en elektronikaffärs skyltfönster.

– Ursäkta mig. Men varför stannade du?

– Oj, förlåt. När min blick fastnade på den här platt tv:n så var det omöjligt att släppa den utan att tänka på hur fint den hade passat in där hemma i vardagsrummet.

– Okej, men tänk på att halva den här dagen i stort sett redan har gått. Så det skulle uppskattas om du rörde på dig och fokuserade på uppgiften.

– Visst, inga problem, svarade Henry och började dansa på stället.

– Alltså, vi måste gå nu, menade jag så klart. Kom nu!

Vad är det för pajas jag anställt egentligen? Hoppas verkligen att han bara är en skojfrisk kille och inte bara totalt ofokuserad. Förhoppningsvis skärper han sig ordentligt från och med nu. Väl utanför bowlinghallen fick Henry veta vad han skulle göra.

– Det är mycket enkelt. Det enda du ska göra är att anteckna allt som sägs här inne. Plus det viktigaste av allt. Säg inget såvida du inte blir tillfrågad. Förstått?

Han måste ha förstått eftersom jag inte ens fick ett svar. Han bara nickade bekräftande mot mig. Väldigt förvånad började jag gå mot dörren. Precis då tog Henry ett snabbt steg förbi mig och öppnade dörren åt mig och visade med en handgest att jag skulle gå in först. Ännu en överraskning. Väl inne i lokalen såg Henry sig om eftersom det här var hans första besök här. Uppe vid kassan var rummet inrett med stolar och soffor med röd klädsel. Något som passade perfekt mot dom svarta underredena på dem. Längs med taket sitter tavlor på både levande och döda

kändisar i svartvitt. Det dröjde inte länge innan ägaren
kom ut från kontoret. Eftersom vi kände varandra redan
så presenterade jag min kollega.

– Pär, det här är Henry, min nya kollega. Han ska hjälpa
    mig med mina uppdrag.

Dom skakade hand innan vi gick och satte oss vid ett bord.
Man vill ju inte stå längre än nödvändigt. Bekväm är man
ju. Annars kan man ju alltid skylla på att Henry måste ha
något att anteckna mot.

– Så här ligger det till, Pär. Min kusin Kent har försvun-
    nit. Vi hoppades på att du hade några tips som kan vara
    till hjälp?

– Tråkigt att höra. Tyvärr kan jag inte ge er så mycket.
    Senaste gången jag såg honom var i förra veckan. I mån-
    dags var det nog om minnet inte sviker mig.

– Okej. Du gav oss åtminstone något. Som du sa inte
    mycket, men det är bättre än inget alls. Betedde han
    sig annorlunda på något sätt?

– Inte något som man lade märke till i så fall. Han är ju en
    kille som gillar att spexa till det emellanåt.

– Jo tack, det var oftare än vad man hade velat många
    gånger. Han hade lite svårt att läsa sin omgivning. Vil-
    ket ledde till att det kunde bli lite för mycket spexande.
    Gick han härifrån ensam?

– Ja, precis som vanligt. Det går nog att räkna på en hand
    dom gånger han har haft sällskap. Och då har det varit
    med någon från bowlinggänget.

– Jaha, det här hjälper oss nog inte så mycket, men tack
    för att du tog dig tid. Jag vet hur stressigt du kan ha det
    här.

– Det var så lite. Så att säga. Just idag kommer det inte
    så mycket kunder förrän senare ikväll. Och när någon
    försvinner är det inget att tveka om. Då tar man sig tid,
    speciellt när det är någon som man känner.

– Det uppskattas. Tack åter igen och nu ska vi låta dig

återgå till arbetet. Precis som vi ska göra. Ha det så bra tills nästa gång vi ses.

– Detsamma. Hoppas bara att vi ses under trevligare omständigheter nästa gång.

Väl ute på gatan tog jag ett djupt andetag. Det hjälpte mig att vakna till lite. Den småkyliga luften var uppiggande. Medan vi gick längs med Storgatan fick mina tankar fart.

– Henry. Det är något med det här fallet som känns fel.

– Som vadå? Jag känner inget.

– Men sluta dumma dig. Börja inte med det där nu igen. Det är något som får mig att tänka att Kents försvinnande är mer komplicerat än vad man först tror. Däremot kan jag inte sätta fingret på vad det är.

– Sätt fingret på mig då så kanske det hjälper.

En djup suck var det enda som jag orkade besvara min kollegas kommentar med.

– Henry, snälla, säg att du sett något misstänkt? Vad som helst. Bara bevisa för mig att du kan hjälpa mig på något sätt.

– Klart att man inte är helt ouppmärksam. En gång såg jag en restaurang som var öppen vid lunchtid. Och det underliga var att dom inte hade satt ut någon skylt som visade att dom erbjöd dagens. Mycket misstänkt, tycker jag.

Visst hade man hoppats på något mer. Men det fick räcka för tillfället. Även om han inte kan hjälpa mig så mycket som det var tänkt så finns det inte tid för att söka någon ny assistent. Det är som med informationen Pär gav oss. Det hjälper inte mycket, men det är bättre än inget. Visst anade jag att det här fallet skulle vara lite svårare än vanligt att lösa. Men att det skulle bli så här komplicerat var otänkbart i början. Det här kan förstöra min slogan totalt. Varken tid eller ork finns för att komma på något nytt. Så bäst att försöka öka tempot en aning.

– Du, Henry. Det är lika bra att säga som det är direkt. Troligen kommer arbetsdagarna bli längre än vanligt.

Så om du känner att du inte vill få minimalt med fritid
så är det nog bäst att du säger ifrån redan nu. Är långa
dagar något problem?
– Nej då. Vi kör på. Min fritid är inte mycket värd för mig.
Det blir bara att man sätter sig i soffan framför tv:n och
kollar på gamla repriser ändå. Då är det bättre att jobba,
så man gör lite nytta.
– Perfekt. Då kör vi på ett tag till.
Det var nära att jag poängterade att det inte bara är där
hemma som han gör lite nytta. Men lyckades på något sätt
att hålla munnen stängd. Dagen började gå mot sitt slut.
Men ett ställe till vill jag nog besöka innan vi lägger ner
för idag. Det finns tre pubar i den här stan och en av dom
är Kent ofta kund hos. Så det kändes som ett logiskt steg
att ta. Turligt nog låg puben bara några minuters prome-
nad härifrån. Det är enligt mig den trevligaste som finns
i stan. Här kan man sitta och bara ha det trevligt. Eller
spela dart med sina kompisar. Darttavlan är ett väldigt
populärt inslag. Det är nästan alltid kö. Inte för att det
gör mig något. Då jag alltid går ditt ensam, dom få gång-
erna som det blir av. Några av fönstren har flerfärgat glas.
Det är en av anledningarna till att den känns så trevlig. I
bakgrunden spelas lite musik för stämningens skull. Inte
så högt att den stör utan det finns bara där för dom som
mig. Ensamma besökare som kommer ditt för att koppla
av och bara fundera på diverse olika saker. Det passar bra
att sätta sig vid ett bord i något av hörnen vid dom tillfäl-
lena. Men det som sätter punkten över i, är pubens ägare
Andreas. Varje kund som kommer in där hälsar och pra-
tar han med precis som om det vore en familjemedlem.
Om det är en ny eller återkommande kund spelar ingen
roll. Vi hinner knappt stänga dörren bakom oss innan han
sträcker fram handen och hälsar oss välkomna.
– Hej grabbar. Välkomna hit. Men Sören, kommer du
med sällskap för en gångs skull? Det var roligt att se.

Äntligen slipper du sitta ensam i ett hörn, skrattade Andreas. Hej på dig också. Du vet att jag sätter mig där för att få vara ifred. Det är helt självvalt.

– Jag vet. Det har du sagt ett antal gånger. Så vad önskar mina herrar att dricka?

Henry började lyfta högerhanden med pekfingret utsträckt för att visa att han ville beställa. Men när jag såg det fortsatte jag att prata för att hindra honom.

– Det enda vi vill ha är information. Har du tid?

– Absolut. Min nyanställda kollega kan ta hand om baren så länge. Hon kan det mesta redan. Väldigt lättlärd. Hon har underlättat mitt arbete ordentligt.

– Vad roligt att du har ny personal. När det här är över så ska jag ta mig tid att lära känna henne. Men eftersom hon fick jobbet så kan man ju ana redan nu hur trevlig hon är. Hur som helst så är vi tacksamma för att du tar dig tid.

– Sara! Håller du ordning på allt här ute en stund medan mina vänner och jag diskuterar en sak är du snäll.

Sara gav tummen upp som svar innan Andreas ledde oss in i ett rum som var placerat bakom kassadisken. Det var lunchrummet med en kombinerad kyl och frys, samt en spis. Förvånansvärt nog ingen mikro vad jag kunde se. Ett bord med fyra stolar var placerat mitt i rummet. Även om jag är en återkommande besökare så har jag ändå inte sett alla personalutrymmen.

– Varsågoda och sitt. Nå, vad är det du vill veta, Sören?

– Jo, jag skulle vilja veta när Kent var här senast?

– Jaså, det är du som har fått uppdraget att hitta honom. Han var här för ett par dagar sedan.

– Så du känner till att han är försvunnen?

– Jadå, det har inte gått att undvika. Ryktena sprider sig som en löpeld här i stan.

– Finns det något du kan dela med dig av som kan vara till hjälp?

- Tveksamt. Det enda jag kan ge er är när han senast var här. Något som stack ut var att han inte kommer hit mer än en gång i veckan numera. Förr kom han alltid in ett par gånger i veckan minst. När jag frågade honom om vad som förändrats så fick jag till svar att han hade mer att göra nu än förr. Och för att du ska slippa fråga. Nej, han betedde sig inte annorlunda på något annat sätt.
- Hehe, tack. Du gör det väldigt enkelt för mig. Även om jag hade hoppats på att få något mer.
- Tyvärr är det allt jag kan ge dig. Har du något att gå på så här långt?
- Inte direkt i nuläget. Men förhoppningsvis ändras det snart. Det är väldigt frustrerande att fråga sig runt och kamma noll.
- Det syns på dig att du är bekymrad. Men du behöver inte vara orolig. Det löser sig. Jag tror på dig.
- Tack, det hjälper att höra att någon tror på mig.
- Det var så lite. Om det är något mer jag kan hjälpa dig med så hör bara av dig. Förhoppningsvis får du information som är mer värdefull i så fall.
- Man kan alltid hoppas. Då ska vi dra oss tillbaka för idag och ladda batterierna för nya tag imorgon. Återigen tack för din tid. Ha det så bra tills nästa gång vi ses.
- Detsamma, mina vänner.

Väl utanför puben sa jag till Henry att det är dags att ge sig hemåt och sova. Det kommer bli en lika lång dag imorgon också. Ju fler timmar vi jobbar, desto fortare blir vi klara. Åtminstone hoppas jag det. Vi skakade hand och begav oss sedan till våra respektive hem. Väl hemma så blev det en halvtimmes tv-tittande bara för att varva ner lite. Vad för program som gick har jag ingen aning om eftersom jag bestämde mig för att lägga lite tid på min hobby. Origami. Efter en resa till Japan där min förra partner och jag tog en snabbkurs. Jag fastnade för det och håller på än i dag. Eftersom det är viktigt med precision för att få dom exakt

som man vill ha dom kopplas tankarna bort från allt annat. Men efter att ha vikt en svan och en tiger satt jag bara
där och tittade som om min hjärna lagt sig för kvällen före
mig. Eftersom min uppfattningsförmåga verkade vara ur
funktion för tillfället så lyckades tanken om att det är lika
bra att gå och lägga sig, slå sig igenom tomheten inuti mitt
huvud. Väl i sängen tog det inte många sekunder från det
att lampan slocknade innan jag gjorde detsamma.

§ 2 §

Morgonen därpå vaknade jag av dörrklockans signal. Som i vanliga fall inte uppfattas som särskilt hög i ljudnivå. Men när man vaknar av den så verkar den plinga till i mycket högre volym än vanligt. Det tog några sekunder innan mina ögon vaknade till och siffrorna på klockan slutade vara oläsbara. Klockan var bara fem. Vad är det för idiot som bestämmer sig för att gå hem till någon och ringa på vid den här tiden? Jag slängde på mig en badrock och ett par tofflor, allt medan ringklockan hördes ungefär var tionde sekund. Ta det lugnt där ute! skrek jag och närmade mig dörren för att låsa upp och öppna. Det var ingen större överraskning att se Henry stå där. Med ett leende som kändes lite retsamt när han såg hur nyvaken hans chef var.

– Godmorgon chefen! Sovit gott i natt?

– Jo tack, helt okej ändå. Hur var din natt?

– Vet inte. Jag sov då.

Det verkade inte som om han själv förstod svaret han gav mig. Men jag visade honom in i min radhuslägenhet i alla fall.

– Vad gör du här så tidigt?

– Du sa ju att vi skulle ses vid fem.

– Nej. Jag sa att det var dags att gå hem.

– Oj. Förlåt. Då hörde jag fel.

Väl inne i min hall kollade Henry sig omkring. Dom mörkblåa tapeterna och lite kort på diverse olika saker jag upplevt genom åren. Ett kort var till exempel från tiden med min första och enda kollega. När vi var i väg på en fiskeresa. Vi reste mycket tillsammans och vi var äntligen på vår drömplats, Spanien. Något vi var tvungna att föreviga med det kort som nu min kollega fastnade framför. Peter var otroligt duktig på att lösa fall. Vi var på samma våglängd och det gjorde att om den ena av oss fastnade i något kunde oftast den andra komma på något som fick i gång tankeverksamheten igen. Henry tog sig sakta in i tv-rummet där han stod och såg fundersam ut. Troligen på grund av färgen på mina gardiner som är i en orangeaktig ton. I konstrast är tapeterna i en väldigt mörkgrön färg. Inte snyggt alls egentligen men tiden räcker inte till för att byta. Åtminstone skyller jag på tiden. Fast det egentligen handlar om lathet. Något jag aldrig kommer att erkänna.

Då fick Henry syn på mina figurer från kvällen innan.

– Oj. Vad snygga. Har du vikit dom?

– Ja, det stämmer. Min lilla hobby.

– Dom är ju jättebra.

– Tack så mycket.

– Man vek ju en del pappersplan i skolan, men mer än så var det ju aldrig.

– Ja, det var det nog många som gjorde. Förresten så kan man kasta svanen så att den flyger.

Jag tog upp den och kastade ut den i hallen. Den gled så vackert i höjd med en tavla på vägen ut ur tv-rummet. Henry såg tavlan och gick mot den. Motivet var en blå himmel med bara några få moln och under den en stor gräskulle. Där sitter en man i kaptenskläder. Mannen sitter i sadel på en häst som står på bakbenen. Nedanför kullen ser man flera män på sina hästar i full strid.

– Du har det väldigt mysigt här. Väldigt intressant inred-ningsstil. Bor du ensam? Jag har inte hunnit få tillfälle att fråga dig tidigare om sådant.

– Det stämmer. Är helt ensam här hemma. Ensamheten stör mig inte. Med det här jobbet så är man hemma väl-digt få timmar om dygnet året runt i stort sett. Så även om man hade haft sällskap så hade man tyvärr inte hunnit att se varandra särskilt mycket.

– Det tankesättet känner man igen. Det känns ofta som att man inte gör annat än att sova när man är hemma.

Men du, den här tavlan var väldigt intressant. Den ser gammal ut. Har du någon aning om hur många år sedan det var som den målades? Vad vet du om tavlan?

- Inte så mycket, tyvärr. Vad jag hörde från min farfar var att det var en lokal konstnär som någon i släkten beställde den utav. För att ge bort den i present till honom. Han gav den sedan till mig. Tanken är att ta med den till en expert för att få reda på lite information om den. Men som så mycket annat har det stannat vid en tanke.
- Ännu en gång känner man igen sig. Man blir lite besviken på sig själv ibland när man stannar vid tanken lite för många gånger i veckan.
- Jag skulle nästan kunna säga det dagligen. Fast riktigt så illa är det inte som tur är.

Vi satte oss i soffan och det hela ledde till att vi började gissa åldern på tavlan. Vilket i sin tur ledde till en diskussion om hur man skulle kunna få reda på vilket årtal den faktiskt blev målad på. Åtminstone på ett ungefär så vi kan få reda på vem som är närmst det rätta svaret. Själv gissade jag på nittonhundratrettiotalet. Medan Henry gissade att den inte var så pass gammal utan att den blev gjord på nittonhundrasextiotalet. Helt plötsligt verkade min kollega ha ändrat sin tidigare uppfattning. Efter en lång diskussion som egentligen inte ledde någonvart fick vi avbryta det hela när jag kollade på klockan och såg att den passerat halv sju. Det är väldigt vad tiden går fort ibland. Jag reste mig snabbt ur soffan och stängde av tv:n, vilket Henry så klart reagerade på med sin säregna stil.

- Men jösses, brinner det någonstans här inne? Det var väldigt vilken fart du fick helt plötsligt.
- Nej, det gör det så klart inte. Då hade du garanterat hört brandvarnaren. Det är bara att tiden har flugit i väg. Så vi måste sätta fart nu.
- Vart har den flugit då? Är det till ett soligt och varmt land följer jag gärna med den.

– Henry, snälla. Min humor har inte vaknat ännu. Vi måste komma i gång om vi någonsin ska hitta Kent.

Snabbt gick jag in i sovrummet för att ta på mig kläderna. Väl påklädd gick jag ut i köket för att plocka upp min nyckelknippa och sedan vända mig mot ytterdörren. Ytterdörren stod på glänt. Det var konstigt. För visst stängde jag den när Henry hade gått in? Bara det inte är någon som tagit tillfället i akt och gått in medan vi var upptagna i tv-rummet. Mycket längre än så hann mina tankar inte komma förrän jag hörde Henry ropa utifrån.

– Kommer du någon gång? Tyckte du sa att det var bråttom.

Det är klart vi har ont om tid men att han var så snabb var en positiv överraskning. En fundering som jag tänkt på under hela gårdagen var om vi kanske skulle be polisen om hjälp innan det här drar ut på tiden för mycket. Det beslutet tar jag senare, efter att vi har frågat ut Eva ordentligt. Första steget idag är att åka till kontoret och börja skriva ner vad vi har för spår så här långt på ett stort papper som vi kan hänga på väggen. På vägen till kontoret i min mörkblåa BMW, för övrigt en bil som jag tycker väldigt mycket om och sköter väl, bröt en ny diskussion ut mellan oss. Den här gången jobbrelaterat.

– Du, Sören, det måste ju finnas en logisk förklaring till varför din kusin försvunnit. Han kanske valde att försvinna?

– Det är definitivt ett alternativ. Det är några alternativ till som kan vara rimliga. Han kan vara kidnappad eller ännu värre mördad. Jag hoppas verkligen att han försvann självmant. Då kan vi åtminstone fråga honom varför han gjorde det utan att säga något till sin egen fru om sina planer.

– Precis. Det verkar lite misstänkt att göra det på det här sättet självmant. Om han blivit kidnappad eller håller sig gömd. Gör att ställena han kan befinna sig på är många. Var tror du att han håller till någonstans?

- Det är en mycket svår fråga. Tror inte du kan få ett bra
  svar på den just nu.
- Okej, men det går bra med ett dåligt svar också om du
  inte kan komma på något bättre.

Han fick bara en besviken blick som svar ifrån mig. Som
tur var hade vi kommit fram till mitt kontor. Så nu kunde
vi äntligen strukturera upp de fakta vi har så här långt.
Fast den informationen kunde vi lika gärna satt på en post-
it-lapp. Vi drunknar ju inte i information direkt. Eftersom
vi diskuterade så mycket idag på morgonen och vi var så
inne i det, så glömde vi att dricka kaffe. Så nu var det läge
att ta en kopp. Henry hade hällt upp en kopp till sig och
skulle nu göra detsamma åt mig.

- Bara en liten kopp till mig är du snäll.
- Hur ska det gå till? Vi har bara en storlek på kopparna.
- Det är bara något man säger när man vill ha en halv
  kopp kaffe.
- Varför skulle någon vilja ha det? Hur ser en kopp ut som
  är delad på mitten?
- Men du, ge dig. Fyll på kaffe till hälften av koppen bara.

Säga vad man vill om Henry. Visst, han är inte den smar-
taste på den här jorden. Inte ens i den här byggnaden. Men
han är lite rolig när han gör sig till. För jag är rätt säker på
att han gör sig till. Man får hoppas det i alla fall.

- Okej, Henry, nu börjar vi skriva. Vi börjar med att notera
  att ingen har varken sett eller hört något från Kent dom
  senaste dagarna.
- Min gissning, baserad på att det ofta förekommer i film,
  är att han har gömt sig i en annan stad.
- Lysande. Det var en mycket bra idé.
- Jag ser inget ljus ifrån den men om du säger det så.
- Suck. Håll bara öron och ögon öppna efter något som
  kan leda oss till vilken stad han gömmer sig i.
- Men inte kan man stänga sina öron eller? Det skulle ju
  se jättekonstigt ut.

– Självklart kan man inte göra det. Men du förstår vad jag menar så sluta spela så dum. Nu har vi inte tid att sitta här längre. Det är dags att vi sticker.
– Vem eller vad ska vi sticka?
– Äsch, drick upp kaffet bara, så vi kan gå.
– Det var uppdrucket sedan länge. Men eftersom du la upp dina meningar så som du gjorde så kunde jag inte låta bli att skoja med dig.

Även om jag kan tycka att han är lite rolig emellan åt så kan det bli för mycket av det goda som man brukar säga. Vi ställde oss upp och medan Henry diskade ur kopparna gick jag mot klädhängaren där min svarta halsduk och rock fanns. Visst, det är inte dom mest diskreta kläderna man kan ha. Men vi är ju inte spioner så det gör inte så mycket om man sticker ut från mängden. Fördelen med det är att folk vet vem man är och vad mitt jobb är. Oftast är det ju skurkarna som brukar ha svarta kläder och bilar. I alla fall på film. Men det är säkert bara för att det ska var lätt för tittarna att se skillnad på vilka som är dom onda och dom goda. In i bilen igen och resan mot Kents hus började. Eva vet ju inte att vi är på väg, så det återstår att se hur hon kommer att reagera när vi helt plötsligt står utanför dörren. Risken är att hon kommer tro att vi kommer med nyheter som pekar på att vi har hittat spår till var hennes make befinner sig. Eller i värsta fall så tror hon vi kommer med väldigt dåliga nyheter. Den dagen hoppas jag aldrig kommer. Är vi snabba så kommer vi garanterat hitta honom oskadd. Bäst jag förklarar för Henry hur ett sådant här besök ska fungera innan vi kommer fram.

– Eftersom det här är första gången du är med på en intervju så är det nog bäst att jag sköter snacket och du antecknar. Okej?
– Absolut, det blir jättebra. Det är du som bestämmer och tur är väl det. Eftersom du är chef. Det skulle kännas fel om det var jag som ställde alla frågorna.

– Bra. Då räknar jag med att du ska vara tyst förutom när Eva eller jag frågar dig något förstås.

– Det förstod jag faktiskt. Hur skulle det se ut om ni inte fick något svar när ni tilltalar mig?

– Troligen kommer vi bara strunta i dig i alla fall. Så i det stora hela så kommer det inte bli någon större skillnad gentemot så som du är i vanliga fall.

– Ha ha, jättekul. Det är bara att mitt jobb tar jag på högsta allvar. Så räkna med mig.

Sista biten fram till Kents hus är lite jobbig att köra på. Det är fullt med hål i marken och inte nog med det. Dom har farthinder där också. I vanliga fall så är det inte så guppigt att åka över sådana. Men dom här måste vara fel gjorda. Dom är extra höga, vilket gör att hur du än kör så kommer det guppa till ordentligt för alla i bilen. Sakta gled vi över första hindret och precis när det började gå neråt hördes Henry. »Yeahaa, vilket gupp.« Jag kollade över mot min kollega och fick ett stort leende tillbaka. Samma visa vid dom andra två farthindren. Tur att det bara är tre. Att Henry var så lättroad. I och för sig behöver han ju inte betala för att gå in på ett nöjesfält om han blir så glad på grund av en sådan här liten sak. Vi stannade precis utanför grinden till Kents och Evas hus. Ett av dom finaste i stan om man frågar mig. Vitt staket runt hela tomten. Innanför det står några äppelträd. Längs med husväggen på framsidan finns två rabatter med färgrika blommor. Dom passar in jättebra gentemot husets vita färg. Det är så här mitt hus skulle ha sett ut om jag hade fått tid över. Men man får vara nöjd med det man har, även om mitt är rött till färgen så är det ändå fint. Jag tog en titt på klockan och såg att den inte var mer än tio över åtta. Eftersom vi kommer utan förvarning så kanske det är lite väl tidigt. Vi satt fortfarande kvar i bilen så det kändes inte mer än rätt än att fråga min kollega om hans åsikt.

- Vad tror du, Henry? Ska vi komma tillbaka lite senare och låta Eva sova en stund till eller väcka henne? Klockan är ju inte så mycket.
- Det snällaste vi kan göra är väl att låta henne sova i åtminstone en halvtimme till. Men vad ska vi göra under tiden vi väntar?
- Mycket bra fråga. Fika kan vi ju inte göra. Det blir alldeles för tätt inpå frukosten.
- Du, Sören, vi behöver inte bry oss om det. Kolla vem som står i dörren och väntar på oss.
- Jaha, se där. Eva var vaken. Då är det väl bara att sätta i gång.

När vi kom in så presenterade jag Henry. Jag bad min kollega att sätta sig i vardagsrummet medan jag och Eva gick ut till köket, utanför Henrys höravstånd. En liten varning om min nya kollega kändes som en bra idé.

- Okej, Eva. En liten sak som du bör känna till om Henry är att han ibland säger saker som inte är riktigt genomtänkta. Det händer även att det är genomtänkt men ändå helt obegripligt.
- Det låter intressant måste man ju säga. Om han nu är så svår att ha diskussioner med, varför anställde du honom då? Någon annan måste ju ha varit bättre i så fall.
- Man skulle kunna tro det. Du ska få höra allt om hur det gick till en annan gång. Vi har inte tid för sådant just nu.
- Nej, men självklart tar vi det vid något bättre tillfälle. Ska vi återgå till vardagsrummet nu då?
- Det är nog bäst. Men kom ihåg vad jag sa. Han är lite annorlunda av sig.

När vi kom in i rummet igen såg vi Henry sitta och stirra rakt in i akvariet. Eva kollade på mig med ett fundersamt ansiktsuttryck.

- Henry? Ursäkta, men vad håller du på med?
- Va? Jaha ni är tillbaka. Har ni stått där länge?

– Inte särskilt, men tillräckligt för att fundera på varför du gjorde så där.

– Men det kan jag förklara. Varför frågade ni inte bara? Både Eva och jag bara skakade på huvudet. Vi visste inte hur vi skulle reagera.

– Det var så att jag försökte förstå hur det är att leva under vatten.

– Och vad kom du fram till?

– Inget. Ni avbröt mig mitt i funderingarna. Precis när jag bara var sekunder ifrån svaret.

Det var nära att Eva var på väg att säga något men jag hindrade henne genom att sätta ett finger framför hennes mun. För att bespara henne bekymret med att få en förklaring från Henry som skulle vara logisk och lätt att förstå. Rummet hade ljusgröna tapeter och en hörnsoffa med något slags molnmönster på. Något som enligt mig absolut inte passade in där. Men alla tycker ju olika. Tur är väl det. Väggarna täcks utav konst. Tavlor av mer eller mindre kända konstnärer. Mycket udda och fula om ni frågar mig. Alla utom en som föreställer en segelbåt som ligger för ankar i solnedgång. Enkel och vacker med spegelblankt hav. Soffbordet framför den var däremot av fin ek. Ett mycket dyrt bord. Något jag känner till eftersom det står högt på min egen inköpslista. Tyvärr är det alltid något annat som är viktigare som måste införskaffas. Och därefter räcker inte pengarna till. En vacker dag ska det stå ett sådant bord hemma hos mig. I alla fall om man skulle råka vinna en lite större summa på Keno. Inte för att man spelar särskilt ofta. Men när det blir av så brukar valet falla på just Keno. Annars är det nog en bra bit in i framtiden. Allt handlar ju om prioritet. Det som jag har där hemma är helt okej och fyller sin funktion. Så någon brådska är det ju inte. Nu när vi alla satt ner så var det dags att ta tag i det här ordentligt.

– Då så, Eva. Kan du ge oss lite information om vad som hände den dagen Kent försvann?

- Självklart. Allt började precis som vanligt. Inga tecken
  på att han hade bestämt sig för att göra något annor-
  lunda. När jag hade förberett frukosten kom han och
  satte sig vid bordet som vanligt. Det var då han sa att
  han skulle tillbringa en heldag med grabbarna från
  hans jobb. Vilket lät bra. Det kändes som om han be-
  hövde gå ut och ha lite roligt. Vår vardag består mest
  i att sitta framför tv:n och bara prata lite då och då för
  att till nittionio procent av tillfällena kommentera nå-
  got som tagits upp i programmet som visas. Det kanske
  låter väldigt tråkigt men för oss är det mysigt. Alla par
  har det mysigt på sitt sätt. Och så här har vi upptäckt
  att det fungerar för oss båda. Dom hade inte planerat
  så mycket för dagen enligt mig. Först skulle dom bowla
  och sedan gå till puben. Vilket låter väldigt lite för en
  heldag. Men mer än så sa han inte.
- Jag håller med dig om att dom aktiviteterna inte skulle
  kunna fylla en heldag. Så du har inget mer du kan dela
  med dig utav?
- Tyvärr inte. Så fort vi ätit färdigt och plockat undan all-
  ting. Som han faktiskt alltid hjälper till med. Innan han
  pussade mig på kinden och sa hejdå, innan han gick ut.
- Det var inte så mycket information som jag hoppades
  på. Men bättre än inget.
- Han sa att han skulle vara tillbaka vid klockan elva på
  kvällen ungefär. Egentligen tänkte jag vara uppe tills
  han kom. Men blev alldeles för trött så jag gick och la
  mig. På morgonen var han fortfarande inte tillbaka.
  Först blev jag så klart orolig att något hänt honom. Men
  man vill ju inte tro det värsta.
- Nej, det är klart att det vill man ju undvika så länge som
  möjligt.
- Precis. Så i stället antog jag att han sov hos någon av
  dom andra. Dagen gick och ju mer tid som passerade,
  desto oroligare blev jag. På kvällen så var min tanke att

ringa dig. Men antog att du ändå inte skulle börja göra något förrän dagen efter. Därför lät jag honom få natten på sig att komma hem.

– Du skulle ha ringt mig så fort du började ana att något var fel.

– Det är lätt att säga det nu. Men som du redan vet så vill man ju inte anta det värsta. I alla fall på morgonen så ringde jag ju dig. Och därifrån vet du ju resten.

– Det gör jag. Men det är ändå konstigt att du ringde till mig och inte polisen.

– Du vet mycket väl om att polisen här är värdelös. Dom kan ju inte ens spåra några inbrottstjuvar. Så hur stor chans är det att dom skulle lyckas hitta någon som är försvunnen? Dessutom så är ni ju släkt så du känner ju till mycket utav hans intressen och vanor. Och det antar jag hjälper en hel del när man är insatt i hur personen brukar bete sig.

– Det är visserligen sant. Men du måste förstå att dom har mer resurser än mig.

– Jo visst. Men i ren panik så tänkte jag inte så. Till skillnad mot polisen så kan man lita på dig. Ibland kan rädsla göra så att man gör saker man aldrig skulle ha gjort under normala omständigheter.

– Jag vill inte göra dig mer orolig. Men min plan var att vi, när vi var klara här, skulle ringa till polisen och informera dom.

– Nej! Måste vi göra det? Du kan klara det här själv. Det vet jag.

– Självklart måste vi göra det. Det här är alldeles för stort för bara mig och Henry att ta hand om på egen hand. Även om vi kommer göra den största delen av arbetet är det ändå skönt för oss att veta att andra också håller utkik.

– Okej då. Du får som du vill. Men ring dom nu direkt i så fall. Innan jag ångrar mig.

– Bra. Det var det som jag ville höra.

För att tala med Kommissarie Leif Svensson ostört gick jag ut och ställde mig en bit ut i trädgården. På bara två signaler svarade han. Vi har känt varandra under flera år. Så varje gång vi talas vid, om det är över telefon eller ansikte mot ansikte spelar ingen roll. Han vill ändå alltid veta hur jag haft det sedan sist. Och även om mina planer vad gäller både huset och min framtid. Eftersom det var ett par månader sedan vi pratade med varandra senast så kunde jag inte avbryta honom. Inte för tidigt i alla fall. Men efter ungefär fem minuter var jag tvungen att börja förklara varför jag ringde. Det svåraste att förklara var varför Eva inte ringt dom direkt. Och varför det dröjde så länge innan hon ringde mig. Efter viss tveksamhet gick han med på att ta sig an det här och komma för att fråga ut Eva personligen. När han fick höra att hon inte hade förtroende för polisen och att hon dessutom redan berättat allt för mig kunde man höra att det gjorde honom lite irriterad. Men Leif gav sig ändå inte. Han ville se hur hon reagerade på frågorna ansikte mot ansikte. Det är väl förståeligt. Till sist var han nöjd och vi la på. Jag hann knappt att stänga dörren innan Eva var på mig.

– Nå, vad sa han? Kommer dom orka göra något för ovanlighetens skull?

– Jodå, det var inga problem. Han förstod alltihopa.

– Vad skönt. Då börjar dom söka efter Kent nu direkt?

– Nej. Först kommer kommissarien hit och frågar ut dig.

– Men jag har ju redan berättat allt för dig. Vad tjänar det till att berätta allt en gång till?

– Det får du ta med honom. Han insisterade på att komma hit i alla fall.

– Jag kommer bli så nervös. Så risken finns att en del detaljer kommer att ändras eller missas i berättelsen.

– Om du skulle börja känna dig för nervös så låtsas att du pratar med mig och inte med honom. Han sitter inte i rummet överhuvudtaget. Utan vi är ensamma precis som nu.

– Okej, det är väl värt ett försök, antar jag. Hur lång tid skulle det ta innan han kommer hit?

– Han höll precis på med pappersarbetet för att avsluta ett annat fall. Han trodde att han skulle vara färdig inom en kvart. Plus restiden hit. Så min gissning är att inom trettiofem minuter är han här.

– Hm, jaha, okej. Vad sägs om lite fika medan vi väntar?

– Det var en bra idé. Kaffe skulle vara gott.

– Sitt ni här så går jag och ordnar något åt oss.

När Eva hade gått ut i köket vände jag blicken mot min kollega. När vi hade haft ögonkontakt i några sekunder så började han le.

– Hur är det, Henry? Du är väldigt tyst av dig.

– Precis som jag lovade. Det var väl så här du ville ha det?

– Jo, det var ju min förhoppning, men jag trodde aldrig att det skulle bli verklighet.

– Om du bara visste hur många överraskningar jag håller gömda för dig.

– Så länge som det är så här positiva saker så är du mer än välkommen att fortsätta.

Henry bara log mot mig som svar. Han är ingen enkel person att tolka. När man tror att man lyckats lura ut vad han kommer göra härnäst så blir det något helt annat. En dag ska jag kunna läsa av honom till nittio procent som minst. Och det innan vi slutar jobba tillsammans. Vem vet hur länge han kommer orka med det här? Det är ändå ett väldigt ansträngande jobb. Att hela tiden vara på vakt och försöka pussla ihop hur saker och ting hänger ihop. Fast så här långt får man ändå erkänna att han klarar sig väldigt bra för att aldrig ha varit med om något sådant här tidigare. Det hördes några ljud ifrån köket. Troligen från skåp som stängts. Hoppas det blir något riktigt gott. Lite små kakor och ett stort plus vore om det fanns någon mjuk

kaka också. Vi skulle snart få reda på svaret. För nu kom
Eva tillbaka med våra koppar. Antar att hon vill gå flera
rundor för att slippa risken att tappa något. Gästvänlig
som hon är så bad hon aldrig om hjälp. Sedan kom kak-
fatet. Och vilken enorm tur jag hade. Hon hade lagt upp
både kanelbullar och mina favoritkakor hallongrottor.
Den goda vaniljsmaken följt av hallonsylt är en perfekt
kombination. Det som skulle göra det lite krångligt var
soffbordet, på grund av att det är så lågt. Man måste all-
tid huka sig en aning för att kunna servera någon. Sista
rundan kom hon med kaffekannan och började hälla upp
till Henry först. Nåja, det får väl gå för den här gången.
Jag trodde alla visste att den som är chef serveras först.
Och inte nog med att hon serverade honom före mig. Hon
hällde upp till sig själv också innan det till sist blev min
tur. Plötsligt hördes en smäll och fönstret sprack i tusen
bitar, som hamnade över hela bordet. Av ren reflex skrek
jag »Ner på golvet!«. Tur var det. Flera smällar hördes och
då förstod jag vad som höll på att hända. Vi blev beskjutna.
Kulorna ven genom luften för att sedan träffa väggen. Det
var precis som att vara i en gangsterfilm. Det kändes som
att kulorna aldrig skulle ta slut. Något som kändes som
flera minuter var säkerligen inte mer än femton sekunder.
Till slut var det över. Vi låg kvar på golvet och bara tittade
på varandra. När Eva var på väg att ställa sig upp så sa jag
åt henne att stanna kvar på golvet. Vi vet ju inte om den
som besköt oss var kvar där ute. Inget hände dom följande
tjugo sekunderna. Det fick mig att försiktigt våga kolla ut
genom fönstret för att se om allt var lugnt. Det var tomt
utanför och inga spår av att något så här våldsamt hade
hänt. Både Eva och Henry reste sig upp när dom fick sig-
nalen från mig att det verkade riskfritt. När Eva ställt sig
upp, borstade hon av sig och tog upp en liten tavla med sin
man på. Blåste av den och hängde tillbaka den på väggen.
Medan hon hade ryggen mot det som fanns kvar av fönst-

ret fick jag syn på en polisbil som stannade till utanför. Nu var äntligen Leif här. Tyvärr för sent, hade han varit här tidigare så kanske polisbilens närvaro hade avskräckt gärningsmannen eller kanske till och med männen. Det här kommer Eva säkert att använda som argument mot polisen. Henry var så upptagen med att borsta av sig damm, att han inte reagerade på att kommissarien kommit. Leif hade sitt fokus på anteckningsboken i sin hand. Därför lyckades han missa det trasiga fönstret när han gick mot huset. Han knackade lite lätt och kom in och såg chockad ut, när han fick syn på allt glas. När han stängde dörren reagerade Henry.

– Nämen, du måste vara kommissarien. Är du redan här? Har du varit här länge?

– Det kan man inte säga. Såg du inte att jag precis kom in?

– Nej. Du får ursäkta mig. Mina tankar tog all min uppmärksamhet.

Leif bara skakade på huvudet och vände blicken mot mig.

– Sören. Vad är det som hänt här egentligen? Ni har väl inte haft en fest som spårat ut?

– Nej, det är klart vi inte har! Vi blev beskjutna!

– Vad säger du? Såg ni gärningsmannen?

Leif måste ha drivit med mig i det här läget. Hur kan han som kommissarie missa så tydliga tecken på vad som hänt och verka förvånad när jag poängterade det uppenbara? Att dölja min irritation och förhindra mig själv från att säga rakt ut vad jag egentligen hade velat säga var inte enkelt. Men man är ju professionell nog för att kunna hålla sådant här för sig själv. Så lugnt och sansat fortsatte vår diskussion tack vare min professionalitet.

– Nej. Och jag är rätt säker på att det var flera gärningsmän.

– Hur kan du vara säker på det om du inte såg dom?

– Därför att antalet kulor som sköts, kan omöjligt ha kommit från bara ett vapen.

- Var det verkligen så illa? Inte för att låta tvivlande på
  något sätt. För visst är jag glad över att ni överlevde det
  här. Men ingen av er blev ju träffade. Och det måste man
  ju ändå säga är rätt otroligt om det var så många kulor
  som avlossades.
- Vi hade kanske bara tur. Du ser väl hur väggen ser
  ut? Den är ju lika full med hål som en schweizerost.
  Durkslag kanske till och med är en bättre beskrivning.
  Alla dom fula konstverken hade klarat sig oskadda.
  Men givetvis hade tavlan med segelbåten blivit träffad.
  Två gånger. Ett hål i huvudmasten och ett vid ankarkät-
  tingen. Typiskt!

Leif kollade mot väggen och bara stirrade på den med en
fascinerad blick. Efter några sekunder stod han där med
öppen mun. Det syntes att han inte kunde tro sina ögon.
Plötsligt ryckte han till och kom tillbaka till verkligheten.

- Okej, jag tror dig. Men såg du verkligen inget av värde?
- Det är väl troligast att dom använde sig av en bil.
- Antingen det eller så var dom så fräcka att dom an-
  vände cykel.
- Jag tror vi kan utesluta cykel direkt.
- Varför då? undrade Leif med ett ansiktsuttryck som gav
  mig känslan av att han tyckte att jag eliminerade det
  alternativet direkt utan någon som helst vilja till att ens
  undersöka det närmare.
- Hur lätt tror du egentligen det är att cykla med så
  mycket vapen? Man måste ha tränat en hel del på det
  om man ska känna sig bra nog för att kunna använda
  det som flyktfordon.
- Sant. Vi får hålla utkik efter misstänkta bilar. Vi kan
  ju inte stoppa varenda bil i stan. Det har vi varken tid
  eller resurser till.
- Medan några håller på med den uppgiften tycker jag att
  det vore lämpligt om några tog sig hit och säkrade spår.
  Innan dom förstörs.

- Självklart ska en grupp jobba med det. Jag skulle precis
  ringa till dom, svarade Leif med lite irriterad röst.
- Precis. Så fort jag hade sagt det så tänkte du ringa. Du
  får prioritera bättre nästa gång.
- Inte då. Den tanken har varit med mig långt innan du
  sa det.
- Visst, vi säger det. Bara du ringer nu direkt.
- Så klart. Ursäkta mig.

Tur att vår diskussion var över. Det kändes som att irrita-
tionen bara skulle stiga och göra så att arbetet hamnade
i bakgrunden. Bara för att man skulle vilja bevisa för den
andra att man faktiskt inte missat något eller inte tänkt
på nästa steg.

Medan Leif gick ut för att ringa passade Eva på att fråga
mig om hon skulle behöva vänta länge innan dom skulle
börja förhöra henne. Tyvärr kunde hon inte få något svar
utav mig. Det är helt omöjligt för mig att veta vad poli-
sen har för upplägg. Men jag lovade att fråga Leif om dom
kunde förhöra henne så fort det var möjligt. Eftersom hon
ville börja leta efter någon vän som var villig att låta henne
sova där i några dagar. Jag föreslog att hon skulle stanna
hos någon fram tills vi har löst det här för säkerhets skull.
Men det vägrade hon. Hennes största oro var att det skulle
ta alldeles för lång tid för oss att avsluta fallet. Så fort ru-
tan var lagad ville hon bo i huset igen. Inte ens tanken på
att dom som sköt skulle kunna komma tillbaka hindrade
henne. Till sist kom Leif tillbaka. Precis när jag skulle
fråga honom om förhöret tog Eva ton.

- Hur länge ska man behöva vänta tills ni orkar ta tag
  i något? Hade du några frågor till mig eller hur blir
  det?
- Förlåt. Men det är nog bäst att vi frågar ut dig senare.
  När resultatet på undersökningen är klar. Då kan vi
  passa på att fråga om allt samtidigt i stället. Eftersom
  Sören ändå var med er när allt hände så kan vi fråga

honom först. Sedan när allt är analyserat så kommer
vi att jämföra din berättelse med Sörens och Henrys.
Eva blev väldigt irriterad. Det syntes tydligt i hennes blick.
Här hade hon väntat på att få bli förhörd så hon kunde
lämna platsen. Och efter all väntetid så får hon höra att det
inte blir av. Så för att förhindra henne från att säga något
olämpligt kändes det bäst att bryta in i konversationen.

- Vi förväntar oss att det är era bästa tekniker som tar
  hand om det här?
- Självklart. Inget annat än det bästa används. Och det
  gäller alltid.
- Det låter ju bra. Se bara till att dom är riktigt noggranna.
  Dom får inte missa något.
- Klart dom inte gör. Dom kommer hitta varenda bröd-
  smula.

På något sätt hade Henry lyckats komma och ställa sig
bredvid mig utan att jag reagerat. Men nu gick det inte att
missa att han stod där. När man hörde en klassisk Hen-
ry-replik.

- Kommissarien får nog räkna med att det kommer ta
  lång tid för dom i så fall. Vi satt ju och fikade precis när
  skottlossningen började.
- Henry! Snälla, inte nu. Följ med mig bara. Det är dags
  för oss att gå och låta proffsen ta över.
- Absolut, det är du som bestämmer.
- Leif, en sista sak bara. Är det okej att Eva följer med oss?
  Jag tänkte om hon ville ha skjuts till någon som hon kan
  bo hos för ett tag framöver.
- Det är klart att det är. Jag sa ju det tidigare. Vi frågar ut
  henne vid ett senare tillfälle.
- Perfekt. Hör av er så fort ni hittat något. Spelar ingen
  roll om ni tror att det har en liten betydelse. Ring mig
  oavsett vad ni hittar.
- Klart jag gör det. Du kommer få reda på det bara några
  minuter efter mig.

Jag tackade Leif och gick för att säga till Eva att hon gärna fick åka med oss om hon ville slippa gå. Men hon tackade nej. Hon ville vara för sig själv. Antar att hennes huvud är fullt av känslor och frågor som hon vill tänka på i lugn och ro. Så vi sa hejdå och gick mot bilen för att åka tillbaka till kontoret. Väl inne i bilen vände jag mig mot Henry.

- Skulle du kunna göra mig en tjänst?
- Absolut. Vad som helst för dig, chefen.
- Okej bra. Skulle du kunna sluta ta allt så bokstavligt? Allt är inte precis som man säger.
- Vet du vad. Jag ska göra mitt bästa. Du vill alltså att jag inte tar allt som det stavas.
- Va? Nej, det var inte det jag menade. Att du inte ska ta det som att man måste göra just det man har sagt. Som det där med att inte missa minsta smula.
- Aha, ja, men då förstår jag. Självklart. Inga problem.
- Det återstår att se men tack ska du ha. Det kommer göra det här jobbet enklare för oss båda.

Det här fallet är väldigt komplicerat. Varför besköt dom oss? Kan det vara så att vi är dom på spåren, att dom vill försöka skrämmas. I ett försök att få oss att sluta med det här jobbet. Svåra frågor som jag hoppas att vi kommer få svar på. Det är vid sådana här tillfällen som gamla uttryck passar in ofta. Här kommer en klassiker som passar perfekt. Just nu har vi fler frågor än svar. Och för att sätta pricken över i. I slutänden hoppas jag att det är tvärtom. När jag gått igenom alla frågor som vi letar svar på så kändes det som att det bästa vore nog att försöka stanna upp lite och fokusera på en fråga i taget. Steg för steg-metoden är trots allt mest lämplig att använda sig utav i ett sådant här läge.

- Henry. Det var en tanke som slog mig.
- Gjorde det ont? Hehe. Förlåt, men kunde inte låta bli.

Jag kunde inte hindra mig själv från att skaka på huvudet i besvikelse som reaktion till min kollegas kommentar.

– Visst, säger du det så. Mitt förslag är att vi går hem och försöker lugna ner oss lite. Så vi kan börja morgondagen med ny energi. Det är så mycket som har hänt. Så jag tror att vi tjänar på att gå hem och försöka lugna ner tankegångarna lite. För mig är det lite väl mycket som snurrar i huvudet just nu.

– Om det är så du vill göra. Då gör vi ju det. Jag litar på dig. Du kan det här mycket bättre än mig.

– Det får vi verkligen hoppas att jag gör. Vill du att jag skjutsar hem dig?

– Nej, det behöver du inte göra. Du kan släppa av mig inne i stan. Jag måste ändå handla. Det går bussar som får bli min lösning för den här gången.

– Okej, då gör vi så. Skulle du kunna komma hem till mig imorgon så utgår vi därifrån vid sju?

– Inga problem. Det är närmre för mig att åka dit än till kontoret. Så det är en besparing från min sida.

– En sak till innan jag släpper av dig. Kom i tid. Det sista jag vill göra på morgonen är att vänta in någon.

– Det är klart jag kommer i tid. Du kommer bli överraskad över hur bra jag är på att hålla tider.

– Upp till bevis helt enkelt.

Efter att vi sagt hejdå och Henry klivit ur bilen började min resa hemåt. Det som kändes helt otroligt var att klockan redan var åtta. Men det är klart, efter allt som har hänt så är det väl egentligen inte så konstigt. All väntetid mellan händelserna idag har gjort att tiden bara flugit i väg. Det kommer bli så skönt att komma hem till slut. När man åker genom centrum och passar på att kolla i skyltfönstren, samtidigt som man kollar hur mycket folk det är ute vid olika tidpunkter på dagen, så går tankarna för fullt och allt runt om kring mig bara glider förbi som att omgivningen är placerad på ett rullband. Det måste vara något väldigt ovanligt om jag ska reagera på det. Ibland tänker jag inte ens på något. Mina tankar är helt blanka. Att bara sitta där utan att tänka på någonting är nästan lite otäckt. Helt plötsligt har man åkt igenom hela stan och är bara några minuter ifrån hemmet. Den här gången var det inte tomt på tankar däremot. Så utan att jag reagerade på hur det gick till så svängde jag plötsligt in på min garageuppfart. Väl inne så satte jag mig direkt i fåtöljen. Lika fort som jag satte mig ställde jag mig upp igen. Morgontidningen och posten ligger ju kvar i brevlådan. Så på med skorna och ut i friska luften ännu en gång. Mina fötter släpade i gruset medan jag gick av utmattning. Lyfte upp postlådans lock och tog upp innehållet. Utöver tidningen låg det även fyra reklamblad för diverse olika butiker. Inget av intresse. Av ren trötthet lät jag locket slå igen med en smäll innan jag till sist började släpa fötterna efter mig tillbaka in i huset. Reklamen hamnade i återvinningen direkt. Tidningen däremot ska avnjutas nu på kvällskvisten innan det är dags för sängen. För att vänta med den tills imorgon blir inte bra. Senaste numret kommer ju då. Det här fallet är ju väldigt ovanligt och det gör att mina arbetstider blir detsamma. Man kan inte säga att man ska jobba mellan sju och fyra. Utan man jobbar så länge som det är nödvändigt. Kroppen säger ju faktiskt ifrån när den tycker att man jobbat för länge i ett sträck. Tur att det här inte kommer att vara allt för länge. Förhoppningsvis en väldigt kort period i det stora hela. Så eftersom situationen är osäker, så går det inte att säga om det kommer att finnas tid för att läsa två tidningar på samma kväll. Så en per kväll är ett måste. Det har blivit lite av en tradition att läsa den efter jobbet. Om det skulle råka stå något intressant så finns risken att tiden kommer att gå för fort. Det ser inte så bra ut att komma sent till jobbet när man är privatdetektiv. Sådant kan skada affärerna. Just denna kväll stod det inget intressant i tidningen. Om sanningen ska fram så står det ytterst sällan något av intresse i den. Men som detektiv måste man ju hålla sig uppdaterad om allt som händer. Än så länge står det inget om Kents försvinnande. Har vi tur så läcker ingen information ut till media. Den lokala tidningen är en sak, men om det skulle nämnas på tv-nyheterna, ja, då kan det bli riktigt jobbigt. Det kan underlätta en hel del för oss vid vissa tillfällen om det skulle komma fram, men det innebär också en hel del merarbete. Så det finns nackdelar också. Framför allt är det väldigt tidskrävande att kolla upp alla tips. Många av dom ger tyvärr inget. Efter att ha zappat igenom alla tv-kanaler och sett att det inte var något som väckte mitt intresse bestämde jag mig för att gå och sova i stället. Tröttheten slog till ordentligt nu när man satte sig och kopplade av. På något konstigt sätt såg jag fram emot jobbet imorgon samtidigt som jag helst hade velat vara ledig. Förhoppningsvis blir morgondagen något lugnare. Min sista tanke som kommer till mig varje kväll medan jag ligger där ensam i min dubbelsäng är min undran om när det kommer ligga en person till i den. Visst är mitt jobb inte optimalt för att ha ett förhållande. Men viljan av att ha ett har kommit oftare den senaste tiden. Att bara ha någon att dela sitt liv med känns som ett bra mål. I stort sett hela mitt liv har jag sagt till mina vänner att singel är helt rätt för mig. Slippa allt gnäll och tjat om diverse olika saker som måste göras. Men nu har det helt plötsligt blivit så att jag känner att vad som än händer i min förhoppningsvis kommande relation kommer den vara värd allt det där. För bakom allt tjat så finns personen som älskar den man är. Och med dom tankarna somnade jag.

§3§

Morgonen därpå vaknade jag med ett ryck. Av någon konstig anledning var inte larmet i gång. Fort kollade jag på klockan och såg att den redan var kvart i sju. Jösses, det är bara en kvart kvar tills vi ska börja jobba. Stressad började jag klä på mig samtidigt som jag gick mot köket för att slänga ihop lite frukost. Medan jag tog på mig byxorna höll höger fot på att fastna i byxbenet så pass hårt att jag nästan tappade balansen. Turligt nog blev det inte så. Men i tanken var jag beredd att sträcka ut armen för att stödja mig mot väggen. Snabbt fram med brödet som var förskuret. Allt för att kunna spara tid på morgonen. För att sedan börja lägga på pålägget. När det var dags att lägga på den andra smörgåsen så kom jag på att det saknas ju smör på dom. Av med osten igen och snabbt bre på smör. Kastar på osten och öppnar kylskåpsdörren i en svepande rörelse. Samtidigt som jag nästan kastar in både smöret och osten in i kylen igen. Stänger dörren och sätter mig. Jaha, och här saknas mjölken. Upp igen och hämta den. Självklart slår jag i tårna i kylskåpet också. Ibland är det tur att man bor själv. Det gör inget om man skulle skrika till av någon anledning. Fast det är klart. Då är det ju ingen som hör mig om det skulle vara något allvarligt heller. Nåja, det blir förhoppningsvis aldrig så illa. Vid det här laget inser jag att det här är så onödigt. Att försöka göra allt i ett så här högt tempo, öppnar ju bevisligen upp för att göra en massa misstag. Det är bara att inse att det blir en stökig morgon. Men bara ät i lugn och ro nu. Du kan inte ändra på allt. Vad gör det om man börjar lite senare än vanligt någon enstaka gång? Det är ju väldigt ovanligt för att vara mig. Haltande gick jag tillbaka mot köksbordet för att lägga ner smörgåsarna, när det ringer på dörren. Ingen avancerad gissning precis att det är Henry som kommer.

Haltande närmar jag mig dörren. Det går inte fort för mig. Tre gånger hinner han ringa på innan jag till slut kunde öppna dörren. Och visst, där står Henry med ett stort leende. Han ser utvilad ut. Det är ju bra om han är lite mer aktiv idag än vanligt.

– God morgon, Sören! Hur är det med dig idag?

– Jo, det är väl helt okej. Kom in för all del.

– Man tackar. Du är väl redo att åka förstår jag?

– Inte riktigt ännu. Det krånglade till sig lite idag. Men sätt dig gärna i tv-rummet så länge.

– Visst, det blir bra. Men det ser ut som att du haltar? Vad har hänt?

– Äsch, jag slog bara i tån lite tidigare. Det kommer snart att gå över.

– Vi får hoppas det. Jag vill inte gå runt på stan med någon som ser ut som en väldigt gammal gubbe. Tänk om vi måste springa, hehe.

– Då får du helt enkelt göra det. Hoppas du är snabb och stark nog att ta hand om någon misstänkt på egen hand.

– Inga problem för mig. En gång i tiden höll man ju på med löpning. Så det finns här inne någonstans.

– Jaså? Vilken distans?

– Åttahundra meter var min specialitet, men det blev några fyrahundrameterslopp också.

– Det var inte dåligt. Lite imponerande, faktiskt.

– Man tackar. Men som sagt, det var många år sen nu. Så orken för att klara av så långa sträckor är inte kvar men förhoppningsvis klarar jag av hälften i alla fall.

– Låt oss hoppas att du hittar det om något sådant uppstår. Nu måste jag äta färdigt min frukost. Så ursäkta mig lite.

– Självklart, chefen.

Att han fortfarande kallar mig för det. Varför är det så svårt att säga Sören? I och för sig så känns det nog bäst innerst inne om han säger chefen ändå. Bara tio minuter senare var jag redo att åka. Men det kändes i magen att man åt alldeles för fort. Den gjorde lite ont. För sent att tänka på det nu. Bara att bita ihop och jobba på. Medan vi gick mot bilen kunde Henry inte vara tyst längre.

– Du, Sören. Det är en sak som jag har tänkt på.

– Jaså, det säger du. Vad kan denna tanke vara?

– Jo, om det nu skulle vara det värsta som har hänt när vi väl hittar Kent. Kommer du kunna jobba vidare på det här fallet i så fall?

– Jag hoppas verkligen att vi inte kommer att få reda på om jag gör det eller inte. Men just nu så är känslan att det inte skulle vara några större problem.

– Klart man hoppas att finna honom i livet. Hur länge kommer du att orka hålla på att leta innan du ger upp?

– Jag tror faktiskt att man innerst inne aldrig hade gett upp. Men som sagt, om det skulle gå så långt att det blir verklighet så lär vi få reda på det. Fast troligen hade en hel del av intresset för jobbet försvunnit.

– Helt normalt är min gissning. Det är imponerande att du tog dig an det här när det är en släkting du letar efter. Jag hade inte klarat av det.

– Det är troligen ett mer normalt svar. Väldigt få skulle kunna fokusera på uppgiften utan att missa små detaljer som kan vara avgörande.

– Absolut. Var börjar vår dag denna gång?

– Vi svänger förbi Kents hus. Jag vill bara stå utanför och se om någon idé om hur allt var planerat kommer till mig.

– Eller till mig.

Henry såg ut att mena det. Så för att inte krossa hans självförtroende helt så gav jag honom inget svar. Det var en lite gråare morgon idag. Regnmoln och blåst. Prognosen visade i och för sig regn så det kommer inte som en total överraskning. När vi kom fram till huset började det regna. Så därför beslöt vi oss för att stanna kvar i bilen.

Det är något speciellt med att höra regnet träffa biltaket. Ljudet är väldigt rogivande. Något som gör mig väldigt trött och det fort. Det spelar ingen roll hur pigg jag är innan det hörs. Inom en kvart så somnar jag oftast. Den här gången var inget undantag. Skillnaden var att sömnen kom snabbare än vanligt. Helt plötsligt vaknar jag av att Henry ropar på mig med hög ton.

– Jag är vaken. Vad skriker du om?

– Skulle en person klädd i helsvarta kläder vara misstänkt?

– Klart det skulle vara det. Men nu är ju inte det här en film. Så chansen för att det kommer att hända är inte särskilt stor.

– Jaså, det säger du. Är han där bara i min fantasi alltså? sa Henry när han pekade mot en person som gick in på Kents tomt.

– Det var som ... Dra mig baklänges. Vad är det här för film egentligen som vi hamnat i?

– Säg det du! Det var ju du som sa att det bara hände i film.

– Jo, men det är en så extremt ovanlig händelse att det måste vara en film.

– Så det här är alltså en film? Hej mamma! Ser du. Jag blev en filmstjärna i alla fall. Precis som du ville. Tur för dig att jag valde att bli detektivassistent. Annars hade det här aldrig hänt.

– Ge dig nu. Det här är ingen film. Vi var ju överens om att du inte skulle ta allt så ordagrant.

– En sista sak bara. Vad ska jag dra dig baklänges med?

– Sluta nu! Fokus på jobbet. Vi riskerar att tappa bort den misstänkte om vi fortsätter så här.

Turligt nog så höll jag koll på den misstänkte personen samtidigt som vår diskussion fortsatte.

– Men erkänn att det var en rolig pratstund vi hade?

– Om det får dig att vara tyst och fokusera på jobbet så visst.

– Det är ju inte roligt att hålla ögonen öppna efter en massa saker hela tiden.

– Så kanske du känner det. Men vi är här för att spana och inget annat. Så fokusera nu, Henry.

– Okej då. Det verkar som om vår svartklädde vän försöker ta sig in.

– Du har rätt. Vi avvaktar en liten stund till innan vi börjar smyga oss närmre.

Det verkade helt klart som om personen försökte ta sig in på något sätt. Om så är fallet så får man anta att denne tänker ta sig in någonstans där dom inte kan bli sedda eller där risken är liten. Till sist valde personen precis som jag förväntat mig att ta sig in från baksidan.

– Okej, Henry. Nu måste vi smyga oss fram och vara väldigt tysta. Har du förstått?

– Det är klart. Man är ju inte korkad.

Det är nog bäst att inte svara på det där. Låtsas att man inte hörde något från honom. Oftast är det ingen idé att ge något svar ändå. Eftersom det i regel är totalt meningslöst så är det onödigt att lägga energi på sådana kommentarer. Vi började sakta ta oss runt huset för att se vart vår misstänkte tog vägen. Väl på baksidan fanns det inte ett spår av den mystiska personen. Jag kollade noga runt dörrar och fönster för att se om det fanns något som tydde på inbrott.

– Vart tog den misstänkte vägen? frågade Henry med en sökande blick.

– Bra fråga. Min gissning är inne i huset. Vi sätter oss bakom busken och väntar. Förr eller senare kommer ju någon ut.

– Det får vi hoppas. Annars har det hänt något.

Både jag och Henry bara satt där. Utan att säga något till varandra. I mitt fall var det för att kunna vara fullt koncentrerad på dörrar och fönster, samt ljud som kan tyda på någon rörelse. Varför min kollega inte sa något, för

ovanlighetens skull, vet bara han. Många gånger hann
jag faktiskt tänka tanken om att påbörja en diskussion.
Men tystnaden var väldigt behaglig så därför lät jag bli.
Det var inga rörelser vad man kunde se genom fönstren.
Med det i tanken var min teori att antigen var personen i
andra änden av huset. Eller så hukade hen sig för att inte
bli sedd. Efter femton minuter började Henry nynna på
någon låt. Tristessen var garanterat grunden till det. Väl-
digt enkelt att räkna ut för någon som är så erfaren med
att tolka kroppsspråk så som jag är. Man har full förståelse
för att sådant här kan bli så pass långtråkigt att man bör-
jar göra något sådant. Det här var inte det roligaste som
jag varit med om heller direkt. Men mycket nödvändigt.
För att inte riskera att bli hörda så bad jag honom att vara
tyst. Det skulle jag aldrig ha sagt. Tystnaden i kombina-
tion med att jag satt med ryggen mot ett träd gjorde att jag
bara några minuter senare somnade. Det kändes inte som
att det var någon längre tid som jag sov. Men när Henry
väckte mig så visade det sig att tiden hade gått betydligt
mycket fortare än vad jag hade trott.

– Sören! Vet du att medan du sov så satt jag och spanade
helt själv. Och har gjort det i snart två timmar. Hur kan
du sova sittandes på gräset? frågade min kollega med
irritation i rösten.

– Antagligen för att jag var trött. Men har ingen kommit
ut ännu?

– Nej, det har inte hänt någonting. Inte ens ett misstänkt
ljud har hörts.

– Men varför väckte du mig inte tidigare? Även om allt
varit lugnt.

– Äsch. Det här klarar man på egen hand.

– Det hade väl inte varit så bra om du också hade somnat?

– Nej, det är klart det inte hade varit. Men nu blev det inte
så. Det var bara du som gjorde det.

– Jaja, du behöver inte upprepa det flera gånger.

- Det är en sak som jag har tänkt på under den här tiden. Kan det vara så att vi missat den misstänkte på något sätt?
- Nej, den risken är väldigt liten. Förutsatt att du nu har varit vaken hela tiden.
- Ja, det kan jag lova dig. Du får helt enkelt tro mig.
- Okej då. Men nej!
- Vadå? Du kan ju inte ångra dig bara så där.
- Det var inte det jag menade. Utan nej, vi glömde att hålla koll på framdörren. Personen måste ha gått ut den vägen så klart.
- Det var dumt av oss. Hur kunde vi glömma den? En sådan självklar grej får man bara inte missa.
- Du får ta på dig det här misstaget.
- Jag? Varför det? Det var ju du som somnade.
- Precis. Därför kan det inte vara mitt fel. Jag var ju inte vid medvetande på det sättet som du var.
- Men så kan du väl inte resonera.
- Jo, det är jag som är chef. Trodde du visste att chefer har anställda som ska ta på sig alla misstag.
- Det är ju inte särskilt rättvist. Varför är det så?
- För att skylla ifrån sig är mycket enklare än att behöva förklara sig och ta emot all kritik.
- Jaha ja. Där lärde du mig något nytt.
- Det lär inte vara sista gången heller. Men du skulle ha stått vakt på framsidan. Vi kunde lika gärna ha satt dit en piassavakvast där. Det hade varit minst lika bra. Troligtvis bättre till och med.
- Men hallå! Hur kan en kvast vara lika bra som mig? Den kan ju varken prata eller se något.
- Okej, den säger inget. Men hade vi satt den mot dörren, hade man sett att någon gått ut där om den hade vält eller var flyttad på.
- Visserligen är det sant. Men om den misstänkte hade bytt kläder hade du inte fått den informationen.

– Nu ska vi inte gå in på detaljer. Nej, kom nu, så åker vi.
  Här tjänar vi nog inget till att sitta kvar längre.
– Hela förmiddagen har bara varit slöseri med tid. Vi fick
  inte reda på något, sa min kollega, fortfarande irriterad.
– Sant. Men vi vet att någon kommit hit och letat efter
  något.
– Vilket inte ger oss något av värde egentligen, muttrade
  Henry.
– Sluta vara så negativ. Visst har vi inte hittat mycket,
  men det är bättre än inget, som jag brukar säga.

Någon av oss måste ju tänka positivt. När vi minst anar det
så kommer en liten detalj kunna vara lösningen till allti-
hopa. Det är jag säker på. Den stora frågan är nu vad vårt
nästa steg blir. Kanske är det läge att ringa Leif och se om
dom har hittat något. Eller förresten, han lovade ju att höra
av sig om dom hittade något. Så vi får komma på något an-
nat. Till sist kom jag på det. Vi åker till bygghandeln och
kollar om dom har sett Kent. Eftersom han var väldigt hän-
dig av sig och hade många projekt så måste han ha besökt
den rätt så ofta. Butiken låg ungefär en kilometer bort. Vi
hade kunnat gå, men lat som man är så tog vi bilen. Det
gick väldigt smidigt att ta sig dit genom små villakvarter.
Husen som finns här omkring är väldigt fina. Men ändå är
det inget för mig. Jag tycker det är alldeles för tätt mellan
grannarna. När det blir dags för mig att skaffa hus så ska
det vara någonstans där man åtminstone har hundra meter
innan närmaste grannes tomtgräns börjar. Så man slipper
känslan av att man kramar grannen varje gång man går ut.
Väl inne i butiken kollade vi runt lite innan en butiksan-
ställd kom fram och frågade om vi ville ha hjälp med något.
Och det ville vi ju. Fast inte med något köp. Vi förklarade
vad det gällde innan han ledde oss in i ett visningskök och
bad oss sätta oss vid bordet som stod där. Köksluckorna var
svarta med handtag i borstad aluminium. Såg riktigt bra ut
och tack vare att både den kombinerade kylen och frysen,

och spisen och mikron, var i borstad aluminium så blev det nästan för bra för att vara sant ur ett designperspektiv. Bord och stolar i mörkbrunt trä stod mitt i montern. Ganska smidigt att ha tillgång till ett litet extra mötesrum som det också kunde användas för.

– Så vad kan jag hjälpa herrarna med?

– Jo, vi undrar om du känner till Kent Bengtsson?

– Kent ja. Han är stamkund här. Nu var det i och för sig rätt länge sedan han var här.

– Jaså? Hur länge sedan?

– Det är åtminstone en månad. Förut var han här varannan vecka i alla fall.

– Konstigt. Det låter inte likt honom att få slut på projekt. Dels gör han mycket hemma, dels hjälper han många som behöver hjälp. Så kunnig som han är inom bygg och måleri. Vissa perioder känns det som att han har mer jobb än dom som har sådant som jobb. Inte dåligt för en hobbysnickare.

– Helt rätt. Sist han kom in så var han jätteglad över att källaren skulle byggas om. För då blev det massor med saker för honom att göra.

– Så det fanns inget som tydde på att han skulle sluta handla hos er? Eller visade han något ovanligt beteende?

– Nej, absolut inte. Det sista han sa var att vi skulle ses om en vecka igen. Men som sagt, det är en månad sedan nu.

– Har du hört någon av dina kunder nämna honom sedan sist han var här?

– Tyvärr inte. Det är jättekonstigt. Hur kan någon som är så trogen kund sluta handla utan något tecken på att vara missnöjd med oss? Kan hans ekonomi ha förhindrat honom?

– Mycket bra frågor. Det är några frågor till som vi måste försöka få svar på. Ursäkta, men jag glömde fråga vad ni heter?

- Pontus. Och om det är något annat ni vill fråga så är det
bara att göra det. Jag hjälper er så gärna.
- Det märks verkligen att du har känsla för det här med
kundkontakt och service.
- Man tackar. Om det var allt ni ville fråga mig så skulle
det vara bra om jag kunde gå tillbaka till arbetet.
- Jamen självklart. Tack för att du tog dig tid.
- Det var så lite. Man gör ju allt för att inte förlora kunder
och framför allt stamkunder.

På väg ut mot bilen snurrade frågorna runt i mitt huvud.
Den största frågan av dom alla var numera hur han kan ha
försvunnit utan att någon sett något. Vad kan vi ha mis-
sat? För något måste det ju vara. När jag säger vi så menar
jag ju så klart bara mig själv precis som vanligt. Henry är
bara min sekreterare. Även om han har några idéer så är
dom bara slöseri på tid. Man kan säga att man får dom på
köpet när man anställt honom. Nej, nu får jag sluta vara så
elak. Det är inte hans fel att han inte kan komma på lika
bra idéer som mig. Men för att vara snäll så är det nog bäst
att fråga honom nu när vi ändå sitter i bilen.

- Nå, Henry, vad är dina tankar om det han sa?
- Jag har väl bara en tanke om det hela. Och den är att det
är mycket underligt hur Kent kunnat försvinna utan
spår. Han är ju väldigt välkänd här omkring.
- Imponerande. Att du kunde komma på det, menar jag.
Men det är allt du har kommit på med andra ord?
- För tillfället ja. Men jag tror faktiskt att det kommer bli
fler saker med tiden.
- Låt oss hoppas det. Det vore ju bra om det inte bara är
jag som kommer på allt. All hjälp man kan få är alltid
ett plus.

Det kändes som ett måste att säga så till honom. För
att inte väcka irritation. Det gör bara att jag får samma
känsla. Något som inte kommer att hjälpa till i arbetet på
något sätt.

- Du, Sören. Finns det inget annat ställe där vi kan fråga om Kent?
- Hm, låt mig tänka. Kanske vi skulle prova musikaffären. Musik var ju också ett av hans stora intressen. Antagligen för att ha något i bakgrunden medan han renoverade.
- Låter som en plan. Är det långt dit?
- Inte direkt. Det är tvärs över gatan bara. Har du aldrig sett den?
- Nej, jag visste inte ens att vi hade en sådan butik.
- Men snälla Henry. Jag hoppas verkligen att du har blivit mer uppmärksam sen du började jobba för mig.
- Absolut. Jag har blivit mycket bättre på det sen jag började jobba med dig.
- För mig, men i övrigt lät det bra. Fast du har helt klart en del saker att lära eftersom du missat affären på det här avståndet.

Henry tittade snett på mig. Känslan av att irritationen började bli stark från honom gjorde att jag valde att släppa samtalet och börja gå mot butiken. Väl där inne står alla möjliga instrument uppställda. Gitarrer, syntar och trummor, ändå är det bara en del utav utbudet. En klocka plingade till när dörren öppnades. Den hann knappt stängas innan vi blev välkomnade av Stefan som jobbat där i över tio år. Detta vet jag efter många besök i butiken eftersom dom även har både cd- och lp-skivor. Många bekanta blir överraskade när dom får reda på att min favoritmusikgenre är rock. Men det är helt underbart att sätta på en skiva med lite drag i, när allt annat känns långsamt. Som det nästan alltid gör för mig. Troligen beror det på att min hjärna går på max hela tiden. Det är därför som det är så skönt att slå på en skiva och försvinna in i musiken. En stund att varva ner helt enkelt.

- Välkommen Sören! Vad söker du efter idag då? Någon speciell artist som är av intresse?

- Hej Stefan. Nej, idag vill jag bara ha information.
- Jaha, okej. Vilket band vill du veta mer om?
- Haha. Du kommer bli förvånad nu, det kan jag garantera. Låt mig presentera min kollega först. Det här är Henry.
- Välkommen Henry. Vad gillar du för stil då?
- Jag gillar mest åttiotalsmusik, svarade Henry.
- Då kommer du kunna hitta många gamla klassiker här.
- Ursäkta mig för att jag avbryter er. Men saken är den att vi är här av en mycket viktig anledning.
- Självklart, Sören. Vad är det ni behöver information om?
- Min kusin Kent.
- Vet du inte allt om honom redan? Du borde åtminstone känna till mer än mig.
- Det är troligen sant att du vet mindre om hans privatliv än mig. Men vi vill veta när du såg honom senast? Du kanske har hört att han är försvunnen.
- Visst har jag hört det. Han var faktiskt här i fredags.
- Så nyligen alltså. Det är ju jättebra. Vad letade han efter?
- Du kommer bli lite förvånad nu. Men han kom in här för att köpa sig en gitarr och ville ha lektioner av mig. Efter alla år som han lyssnat på musik hade han till slut bestämt sig för att lära sig spela.
- Det var en överraskning. En akustisk gitarr då, förstår jag?
- Faktiskt inte. Han ville ha en elgitarr för att kunna göra en massa effekter.
- Mycket intressant. Visserligen inte någon ledtråd om vart han har försvunnit men ändå. Kom ni överens om när första lektionen ska vara?
- Det gjorde vi. Han skulle ha varit här igår och bekräftat det. Men eftersom han inte setts till på ett tag så förstod jag att det var en liten chans för att det skulle bli av.

- Okej, så mer än så vet du inte?
- Nej, det är allt. Det enda som skrämmer mig är att det är
  någon som har kidnappat honom. Han har aldrig mis-
  sat en bestämd tid förut. Skulle han ha varit sjuk hade
  han hört av sig som dom få gånger som det har hänt.
  Även om det bara var hans traditionella fredag så ville
  han förklara varför han inte dyker upp. Vi brukar alltid
  ta en fika och prata musik i samband med hans besök.
- Jo, det känner jag till. Han säger alltid till om han har
  fått förhinder på något sätt. Skulle det dyka upp någon
  ny information så kan du väl kontakta mig är du snäll?
- Självklart. Jag är inte förvånad över att du jobbar med
  det här försvinnandet. Du har alltid varit en person som
  vill ta tag i saker och ting på egen hand. Gå din egen
  väg så att säga.
- Du känner mig alltför väl. Nåja, då ska vi inte störa dig
  heller längre.
- Mig heller? Hur många har ni pratat med egentligen?
- Inte så många som det låter. Men vi har pratat med Pär,
  Andreas och Pontus. Du känner ju dom sedan tidigare.
- Visst, allihop är lojala kunder här.
- Men då så. Ha det så bra nu så hörs vi av framöver.
- Det gör vi absolut. Nästa gång är det förhoppningsvis
  för att fira, att du hittat Kent.
- Låter bra. Låt oss hoppas att det blir så och det snart.
  Hej så länge.

Utanför butiken var jag tvungen att fråga Henry om han
hade hunnit anteckna allt som sagts. Eftersom han bara
sitter och är tyst när vi ställer frågor till folk. Förvånande
nog har han fått med precis allting. Det verkar som om
han är tyst för att han är väldigt koncentrerad och note-
rar precis allt som sägs in i minsta detalj. Precis det som
jag hoppats på. Så man kan kalla Henry för många saker
men ouppmärksam är inte en av dom. Åtminstone inte
när det gäller liknande konversationer som denna. När

det kommer till synen så finns det mer att önska. Men nu eftersom vi kört på hela tiden sedan frukost så började hungern göra sig påmind. Och det var väl inte så konstigt när jag fick syn på vad klockan hade hunnit bli. Halv sex redan. Vart tar tiden vägen? Nu börjar man inse varför man tycker det känns som att det går så långsamt för polisen att hitta misstänkta. Dagarna är ju väldigt korta när man väl är inne i allt. För dom som inte är det blir det raka motsatsen. Nu är det i alla fall dags att sluta för idag. Alla butiker stänger snart och då finns det inga ställen kvar att ställa frågor på som Kent ofta besökt. Jag meddelade Henry att vi slutar för dagen. Men att vi tar nya tag imorgon. Och det hade han inga problem med fast det är lördag. Det är nog till och med så att han förstår att vi blir tvungna att jobba varje dag. Tills det här fallet är löst. Fast det är klart. Han kan ju också ha glömt vilken veckodag det faktiskt är. Även denna gång avböjde min kollega att få skjuts. Jag började få känslan av att han försökte undvika att visa mig hur han bor. Nåja, vill han inte visa mig så spelar det ingen roll för mig. Så jag sa till honom att imorgon möts vi vid bygghandeln. Så utgår vi därifrån. Henry nickade bara som svar och började gå i väg. Konstigt sätt att avsluta dagen på. Men det viktigaste är ändå att jobbet blir gjort. Väl hemma kände jag mig lite hungrig. Så ut i köket för att bre en smörgås och lägga på en ostskiva. Och som pricken över i, ett glas mjölk. Medan jag satt och njöt av min kvällsmat bläddrade jag igenom tidningen som min kvällstradition är. Inget av intresse idag heller. Det kanske är dags att ifrågasätta om priset för tidningen är värt så här lite intressant läsning. Om det står något av intresse varannan vecka så är det ovanligt. När smörgåsen och mjölken var slut satt jag där i min favoritfåtölj och bara njöt. Kanske lite för mycket. För visst somnade man efter att ha gått igenom en del tankar om fallet. När klockan var halv tolv vaknade jag till sist och kunde knappt tro mina ögon. Sista gången jag kollade var den ju inte mer än halv nio. Det här är inte bra. Man vet ju hur svårt det blir att somna om igen, när man lägger sig i sängen. För att väcka mig själv så lite som möjligt fick disken stå kvar tills imorgon. Ju fortare man kommer i säng, desto bättre är det ju. Allt för att inte kroppen ska få för sig att det redan är en ny dag. Otroligt nog så somnade jag inom tio minuter efter att jag la huvudet på kudden. Nästa gång kommer det säkert inte gå så enkelt.

§ 4 §

Dörrklockans signal väckte mig och på bara några sekunder satt jag upp. Att höra den det första man gör är inte bra. Det kan bara betyda en sak. För andra gången har jag lyckats att glömma ställa in larmet. Så vi kommer garanterat börja sent ännu en gång. Det är inte bra att det blir så här. Om jag ska hålla på att sova bort en massa arbetstid så kommer vi aldrig bli klara. Inte konstigt att dagarna går fort. Detta får inte bli en vana. Ännu en gång hördes dörrklockan. Jag tog snabbt på mig morgonrocken och gick med snabba steg mot entrédörren. Självklart är det Henry som står där med ett hånflin. Han kanske bara har en bra morgon. Medan min dag började i princip raka motsatsen. Så för mig var hans leende ett hån.

- Godmorgon, sömntuta. Antar att du inte kollat vad klockan är?
- Nej, det är helt rätt. Men antar att du kommer att säga det. Och när du gör det, skulle du kunna försöka se mindre skadeglad ut?
- Hehe, jag kan försöka. Fast det är inte lätt. Klockan är faktiskt kvart i åtta.
- Men jösses, alla redan? Då ligger vi väldigt långt efter schemat.
- Vi? Det är bara du som gör det. Jag har varit redo att börja för länge sedan. Men det tar ju ett rätt bra tag att gå hit från bygghandeln. För visst var det där vi skulle ha träffats?
- Jo, det var ju planen. Något är fel. Det är inte likt mig att glömma att starta larmet två dagar i rad. Men det hjälper inte att stå här och tänka på det nu. Kom in så länge medan jag gör mig klar.
- Man tackar. Inne i tv-rummet antar jag?
- Det blir jättebra. Känn dig som hemma. Ge mig en kvart så är jag klar att åka.

Det var svårt att bestämma var man skulle börja någonstans. Fixa frukost eller klä på sig. Till slut kom jag fram till en plan. Medan kaffet bryggs kan jag gå och byta om. Sedan ordna smörgåsar och så borde jag vara klar samtidigt som kaffet. Inne i sovrummet var klädvalet nästa problem. Men det fick bli en helgrå tröja till mina blåa jeans som börjat få ett hål i höger bakficka, på grund av min nya plånboks vassa hörn. Med tanke på att vi har tidspress så hinner man ju inte stå och leta efter dom snyggaste kläderna man har precis. Även om Henry säger att det bara är jag som är sen så är vi ändå ett lag. Vilket betyder att även han är sen. En dag kanske min kollega ser oss som ett lag även när det går dåligt, och inte bara vid positiva saker. Men den dagen är inte här ännu. Snabbt in i köket och stående vid kylskåpet kastade jag smöret och osten till bänken mitt emot. En annan sak som jag kom på medan smörgåsarna breddes var att idag ska inte bli en repris på förra gången vi var sena. Utan den här gången ska jag äta i lugn och ro. Slippa ha ont i magen och behöva ha det halva dagen. Tiden man tjänar på att äta fort är inte värd det. Fullt fokus behövs när man ska leta efter nya spår. Så skynda långsamt passar perfekt i det här läget. Överraskande nog höll jag mitt löfte. Cirka femton minuter senare var jag redo. Det har nu gått lite mer än tio minuter längre än vad jag hade sagt till Henry. Och på tal om honom. Vem sitter i min favoritfåtölj? Jo, min kollega så klart, och det verkar som om han lyckats somna också. Att se honom sitta där fick mig att känna en konstig känsla inombords. Kan det vara så att det får mig att känna irritation över att behöva låta någon annan sitta i den? För det kan inte vara känslan av förståelse för min kollegas trötthet. Det första är mycket möjligt men det kan ju egentligen vara vad som helst.

– Okej, Henry, det är dags att sätta fart. Så kliv upp från min fåtölj nu direkt.

Inget svar. Inte ens en reaktion från honom. En idé om hur jag skulle få honom att vakna till tog inte lång tid att komma på. Jag gick närmare och placerade munnen nära hans högra öra och sa sedan med hög röst.

– HENRY! Vakna nu!

– Det gjorde susen. Han reagerade så kraftigt att jag trodde nästan att han skulle hoppa upp i taket. Han måste verkligen ha sovit tungt, vilket blev väldigt tydligt av hans fråga.

– Va? Vad? Vad är det om?

– Du somnade i min fåtölj. Det är dags att böra jobba nu.

– Vilken tur att du sa var jag var någonstans så tidigt. Annars hade jag ropat att kvinnor och barn stannar kvar tills sist.

– Men det är ju tvärtom. Dom ska ju av först.

– Jo, jag vet. Men den sortens kapten som jag var i drömmen var väldigt egoistiskt lagt. Brydde bara om sig själv i första hand och sedan personalen.

– Så du låter alltså alla gäster vara kvar medan du och din besättning flyr?

– I drömmen var det så. Tur det inte var på riktigt.

– Ja, för i så fall hade du nog inte klarat dig så länge ändå. Troligtvis skulle passagerarna göra allt för att komma åt dig och antingen slänga upp dig på däck igen eller ner i vattnet.

– Varför skulle dom slänga upp mig på ett däck?

– Inte den sortens däck som sitter på bilen så klart. För att säga det på ett enkelt sätt, så att du förstår, golvet.

– Jaha ja, det låter betydligt mycket mer logiskt. För båtar kan jag inget om.

– En onödig fråga egentligen. Men hur stor var båten?

– Inte jättestor. Tror inte vi hade fler än tvåhundra passagerare.

– Tror? Nu är jag verkligen glad över att det bara var en dröm.

– Ja, det är jag med.

– Nä, nu har vi inte tid att sitta stilla längre. Dags att åka.

– Äntligen! Vart ska vi då?

– Bygghandeln fortfarande. Men vi tar vägen förbi Kents hus. Det ligger ju ändå nästan på vägen dit.

– Usch, varje gång du nämner det huset så hör jag kulorna vina runt mig.

– Ja, det var en upplevelse som vi kommer minnas resten av våra liv.

– Definitivt. Den kommer aldrig försvinna. Något som man troligen kommer att vänja sig vid förr eller senare.

På vägen mot min kusins hus blev det tyst i bilen. För min del så var det mest för att kunna rensa huvudet lite. Så att nya tankar ska kunna komma fram lättare. För många låter det här säkert väldigt konstigt. Men det fungerar för mig och därför tänker jag fortsätta med det. Vad Henrys anledning var vet som vanligt bara han. Precis när vi svängt in på kvarteret fick vi möte av en bil som körde långt över hastighetsbegränsningen.

– Oj då! Någon har visst väldigt bråttom. Eller hur, Sören?

– Det var milt sagt. Väldigt vilken fart den hade.

Snart såg vi huset. Men innan vi gjorde det så fick jag plötsligt en konstig känsla i magen.

Efter det kom en överraskning. Henry började prata igen.

– Men det var konstigt. Varför är dörren öppen?

– Ingen aning. Det är inte särskilt troligt att Eva har flyttat tillbaka redan.

– Du har nog rätt. Men titta! Det kommer ut rök.

– Nej! Det brinner! Det får bara inte hända. Ring räddningstjänsten, Henry. Snabbt!

– Absolut. Så fort som det bara går. Och det gör det nu.

Att Henry hade mage nog att ens försöka skämta i ett sådant här allvarligt läge, kändes inget vidare. Men det får jag låta passera denna gång. Branden är viktigast just nu. Bilen hann knappt stanna innan jag tog mig ut. Eftersom

det var lågor precis innanför dörren kunde vi inte ta oss
in där, för att se om någon fanns kvar där inne. Jag tänkte
springa runt och försöka ta mig in bakvägen. Men just då
hördes sirener en bit bort. Så därför bestämde jag mig för
att vänta in proffsen i stället. Är dom ändå så nära dröjer det troligtvis bara någon minut. Nu ställde sig Henry
bredvid mig och såg helt chockerad ut.

- Hur är det med dig, Henry? Du ser blek ut.
- Det är nog bara för att jag är väldigt rädd just nu.
- Ingen fara. Du är långt ifrån riskzonen så länge du står
  kvar här.
- Nu var det inte mig själv jag tänkte på. Utan om någon
  skulle vara kvar där inne.
- Du är inte ensam om att ha den känslan.

Nu hörde man brandbilarna komma in på rätt gata och
dom närmade sig oss till slut. Det här är ännu ett tillfälle
när tiden känns som att den går mycket långsammare än
vad den egentligen gör. Det är den där rädslan som gör
det. Så måste det vara. Så fort dom hade stannat och en
brandman kom ut sprang jag fram till honom.

- Skynda er! Det kan ju vara någon kvar där inne.
- Lugn och fin nu, herrn. Vi har gjort det här massor med
  gånger. Låt oss göra vårt jobb.
- Jag vet mycket väl att ni har gjort det här förut. Men
  tänkte bara informera er om att det eventuellt är någon
  där inne. Vi vet inte om alla lyckats ta sig ut.
- Var ni inne i huset när branden startade?

Under tiden som vi diskuterade läget sprang hans kollegor runt och drog fram slangar medan några rökdykare
förberedde sig.

- När vi kom hit så brann det redan. Det var vi som larmade.
- Jaså, på det viset. Då vet ni alltså inte hur länge sedan
  det kan ha börjat?
- Ingen aning. Men antagligen inte mer än fem minuter
  innan vi kom.

- Vad får dig att tro det? Nu är det vi som är proffsen och
  inte ni. Så det kommer vi avgöra tids nog.
- Jag kanske inte är proffs, men i mitt yrke som detektiv
  så lär man sig att se små detaljer och kan på så sätt få
  reda på många saker. Eftersom huset inte har brunnit
  ner och att branden startade inomhus säger det mig att
  den inte startade för så länge sedan.
- Okej. Om du bara håller dig undan så ska vi se hur din
  så kallade proffsteori stämmer.
- Jag sa ju precis att jag inte är proffs. Men ingen amatör
  heller.
- Visst, det blir nog bra. Ursäkta mig, men vissa av oss har
  ett arbete att sköta.

Det var svårt för mig att inte ge honom svar på tal. Men på
något sätt lyckades jag hålla mig lugn nog för att hålla tyst.
När man ser alla brandmännen springa runt ser det ut som
ingen har en aning om vart dom ska eller vad dom gör där.
Ändå blir allt gjort snabbt och utan krångel. Det här måste
vara vad dom kallar kontrollerat kaos. Medan släcknings-
arbetet pågick stod både Henry och jag bara där och stir-
rade på huset. Vi stod där helt förbluffade, att något sådant
här kan hända är helt otroligt. Man ser saker runt omkring
sig. Speciellt i det här yrket som leder oss både hit och dit.
Man har svårt att tänka sig att det som vi får se kommer att
hända oss personligen. Men helt plötsligt så händer det. Hur
många gånger man än har sett det hända andra så blir man
ändå helt chockerad när det väl händer. Få människor njuter
av livet innan något har hänt. Efter det här kommer jag och
säkerligen Henry också njuta av varje dag vi får uppleva.
Plötsligt vaknade Henry upp och knuffade till mig.
- Vad knuffar du på mig för?
- Se vad brandmannen som kommer på höger sida av hu-
  set, har i sina armar.
- Eva! Jösses, så hon var tillbaka i huset. Vad gjorde hon
  här?

- Det får vi ta reda på senare. Låt oss hoppas att hon klarar sig. Det är trots allt det viktigaste.
- Säg inte så. Hemska tanke. Rena mardrömmen att förlora både henne och Kent. Och även om vi hittar honom så blir det ingen glad dag ändå. Om vi måste berätta att hans fru har lämnat oss.
- Helt rätt, Sören. Nu tänker vi positivt. Hon är i säkerhet och får hjälp från dom bästa i branschen.
- Du har rätt. Men var är ambulansen någonstans? Den borde ha varit här för länge sedan.

Det var knappt jag hann avsluta meningen innan ambulansen med blåljusen påslagna kom och stannade precis framför huset. Sjukvårdarna hoppade nästan ut i farten för att kunna sätta i gång direkt. Dom hämtade båren och la försiktigt Eva på den. Lika snabbt som den kom så åkte ambulansen igen med ilfart mot akuten. Sirenerna hördes mindre och mindre när dom åkte längre ifrån oss. Där stod vi och var positivt överraskade över hur effektiva dom var. Den brandman som bar Eva var samma kille som var spydig emot mig.

- Var hittade du henne någonstans?
- Inne i köket precis bredvid kylskåpet. Det verkar som om hon försökte ta sig ut men inte lyckats.
- Antagligen förvirrad av all rök.
- Ja, i det här fallet var det mer rök än eld. Tur var väl det i och för sig. Annars hade hon kanske brunnit inne.
- Usch ja. Har ni kontaktat polisen eller kommer dom ändå när det är ni som får larmet?
- Dom är på väg. Oftast brukar dom anlända till platsen ungefär samtidigt som oss. Men dom var visst upptagna med något annat den här gången. Så det kanske dröjer en stund till.
- Känner du kommissarie Leif Svensson?
- Inte personligen. Varför undrar du?
- Jag tänkte om du visste om det var han som var på väg?

- Ingen aning men det är en rätt så stor chans för att det
  är honom dom skickar. Tillsammans med hans team.
- Perfekt. Då kan jag få se brottsplatsen med hjälp av ho-
  nom.
- Var inte så säker på det. Vi bestämmer vem som får gå
  innanför våra avspärrningar.
- Ja, medan ni jobbar här. Men så fort ni är klara så är
  det polisen som tar över, och då bestämmer dom. Så in
  kommer jag förr eller senare.
- Säger du det så, sa brandmannen och vände ryggen mot
  mig innan han började gå i väg.
- Jo du! En sak till bara. Vad heter du? Känns som om vi
  kommer att träffas flera gånger. Så det är nog lika bra
  att vi kan varandras namn.
- Jonas. Och jag hoppas verkligen inte att vi kommer att
  träffas allt för ofta.

Det var allt han sa innan jag fick en lätt knackning på
höger axel. Bakom mig stod Henry och undrade hur lång
tid det kommer ta innan vi får arbeta. Det enda svar som
jag kunde ge honom var att vi får se när det blir. Det här
kan gå på under en halvtimme och uppåt fyra timmar
eller kanske ännu längre om vi har otur. Brandmännen
var fortfarande kvar inne i huset och verkade kontrollera
väldigt noga efter glöd så det inte börjar brinna någon
mer stans. Dom verkar vara minst lika noggranna som
mig. Bakom mig hördes ljudet av en klickande penna.
Det var Henry som såg väldigt uttråkad ut. Jag förstår
honom. Det här är inget kul för mig heller. Men att åka
härifrån och börja fråga ut folk är ingen idé. För man
vet ju hur det blir när man väl har börjat med något. Då
måste det avslutas innan det går att gå tillbaka till det
som gjordes innan. När jag ställde mig bredvid Henry så
såg jag att han hade ritat en massa figurer och konstiga
mönster i anteckningsblocket. Han måste vara riktigt
uttråkad om det gått så långt.

– Du, Henry. Jag förstår om du är uttråkad. Men snälla, rita inte en massa saker i blocket. Det behövs till anteckningar. Du slösar på sidor i onödan.

– Ursäkta. Det tänkte jag inte på.

– Ingen fara. Någon sida gör inget. Men det finns en risk för att det blir rörigt om det är blandat med anteckningar och teckningar i den.

– Absolut. Vad konstigt det skulle kunna vara om man läser igenom allt, vänder blad och får syn på en massa klotter. Och sen kommer det anteckningar igen sidan efter.

– Precis den röran jag vill undvika. Dessutom så ser det inte professionellt ut när man bläddrar igenom massor med blad efter lite information.

Ännu en gång knackade någon mig på axeln. Den här gången var det Leif. Vad överraskad jag blev när jag såg honom. Man hörde ju ingen bil eller hans fotsteg. Vilket fokus på konversationen vi måste ha haft. För det verkade som att Henry inte hade hört honom heller.

– A, Leif. Du är här nu. Vad bra.

– Vi kom så fort vi kunde efter samtalet från insatsledaren.

– Insatsledaren? Menar du att ni inte blir larmade automatiskt när brandkåren får larm?

– Egentligen så ska vi få det. Men av någon teknisk anledning så kom inte larmet fram till oss. Så antar att det var därför han ringde oss. Nå, har du någon tanke om vad som startade branden?

– Något säger mig att branden var anlagd. Någon visste att Eva var här och ville röja henne ur vägen. Antagligen kidnapparna.

– Eller mördarna. Vi har ju varken hört eller sett något av Kent sen han försvann.

– Usch, säg det inte. Han måste vara i livet.

– Det tror jag vi alla hoppas på.

- Antagligen så har vi kommit närmre dom skyldiga.
- Varför tror du det? För mig känns det som om vi fortfarande har för lite spår.
- Vi kanske tycker det. Men det verkar som att andra tycker vi är närmre än vad som är okej. Så antingen startade dom branden för att vilseleda oss. Eller som sagt för att få bort Eva.
- Så du tror alltså att hon vet mer än vad hon säger?
- Nja, jag vet inte om det är så. Men det verkar som att någon tror det i alla fall.
- Tyvärr lär det dröja innan vi kan fråga henne.
- Ja, det gör nog det. Men som tur är har vi ju en brottsplats att undersöka under tiden.
- Så sant. Vi får bara vänta på vår tur. Det verkar som att brandmännen har lite kvar att göra innan dom kan anse det säkert för oss att påbörja vår undersökning.
- Precis Leif. Det som vi kan fundera på medan vi väntar är vad för slags ämne dom använt för att få branden att ta sig. En klassiker är ju bensin.
- Det är väldigt vanligt. Och på grund av det så är det väl känt hur det ser ut efter en brand som anlagts med det.
- Ja, och det verkar som om vi får reda på det ganska snart. Det verkar som om brandmännen börjar bli klara nu.
- Vi ska bara göra en sista kontroll. Sen är vi klara! ropade Jonas.
- Perfekt. Då så, Sören, ska vi slå vad om att det var bensin dom använde eller inte?
- Det passar sig väl inte så bra att vi står här och har vadslagning om sådana saker.
- Vi ska inte satsa några pengar så klart. Bara på kul vet du.
- Nej, inget sådant. Vi går in utan en tanke på vad vi tror. Och tolkar alla spår tills vi kommer fram till orsaken.
- Bra plan. Så följande gäller, vi kollar väldigt noga omkring oss och ser till att göra många anteckningar på

vad vi ser. Allt för att hjälpa oss komma ihåg allting i detalj.

– Det hade du inte behövt säga till mig. Berätta det för Henry i stället.

– Jag hörde er. Ni kan vara lugna. Det kommer bli väl dokumenterat, svarade Henry.

– Oj, att du kunde formulera dig så fint. Vilken överraskning.

– Ja du, Sören. Jag är full av sådana.

– Jag har precis börjat märka det. Intressant.

– Okej, Sören och Henry, vi kan gå in i det som finns kvar av huset nu. Dom har gett oss klartecken.

– Äntligen kommer det hända några saker! utbrast Henry.

Försiktigt gick vi in och höll noga koll på var vi satte fötterna. Man vill ju inte kliva på något vasst. Inte heller på någon ledtråd som kan vara väldigt liten. En liten sak kan säga så mycket mer än vad många tror. Som ny inom det här så har man ingen aning om vad man letar efter. Så frågan kom till mig flera gånger. Vad gör jag här egentligen? Någon gång måste ju vara den första, så lika bra att ta tag i det. Väggarna var väldigt brandskadade. Tavlor som var halvt uppbrunna låg på golvet tillsammans med brända möbler. Väggarna blev svartare ju närmre köket vi kom. Så det verkar vara där som branden startade. Våra huvuden gick åt höger och vänster i stort sett hela tiden som vi gick mot köket. När jag kollade över på dom andra två och hur deras huvuden gick, fick det mig att tänka på åskådare som tittar på en tennismatch. Precis så såg det ut. Väl inne i köket bekräftades min misstanke om att det var här branden hade startat. Allt var sönderbränt och helt svart. Det verkade som om det var värst precis vid bakdörren. Så den ansvariga för branden verkar ha stått precis utanför och kastat in något brinnande föremål. Dörren stod öppen, antingen var det brandmännen eller vår gärningsman som öppnat den. På baksidan finns det rätt mycket buskar som man kan gömma sig i. Så där ute måste vi säga till teknikerna att leta efter skoavtryck och eventuella föremål som vår gärningsman tappat. Nåja, tillbaka till tennismatchen. Eller letandet, menar jag. Framför ett köksskåp syntes något på golvet som fick mig att reagera. Det var en ljusare sektion på golvet. Något har legat där och skyddat golvet från branden. Men vad? Efter några sekunders funderingar och inget bra svar kallade jag på Leif.

– Ser du mönstret på golvet?

– Ja, det är ljusare där, ja. Men det som stod där har inte brunnit upp. Då skulle det ligga bitar kvar av föremålet.

– Är det något som brandmännen kan ha flyttat på?

– Det är möjligt. Men vad? Det finns ju inget här inne som skulle passa in i det här mönstret.

– Jag håller med. Det finns inget här inne som får mig att tycka det skulle vara just den saken.

– Nej, precis. Men en sak är säker. Här startade branden. Den skyldige har hällt ut bensin och sedan kastat in en bensinbomb för att kunna starta elden på avstånd.

– Hur vet du att dom använt en bensinbomb?

– Nu ska du få se att jag varit uppmärksam. Om du kollar ungefär en meter ifrån dig på höger sida så ser du en flaskhals ligga där. Det får mig att åtminstone misstänka att den använts.

– Bra jobbat. Den hade jag missat för tillfället i alla fall. Vi hade ju precis börjat kolla runt här.

– Visst, skyll på det. Dålig ursäkt är vad det är.

– Inte alls. Det är bara sanningen.

Medan vi stod och diskuterade hade Henry börjat gå mot oss för att se vad vi hittat. Men när han stod två meter bort stannade han. Hans blick var fäst på den ljusa sektionen i golvet. Plötsligt blev ansiktet vitt på honom.

– Har ni kommit på vad som låg här?

– Nej, det har vi inte, svarade jag och Leif nästan i kör.
– Jag har en gissning som kommer chocka er.
– Alla dina gissningar chockar oss, skrattade jag.
– Helt allvarligt nu. Om ni ser på hur den ljusa sektionen
är formad så är den långsmal och smalare i ena änden.
Det ser precis ut som om någon legat där i fosterställ-
ning.
– Du menar en kropp?
– Precis. Och det känns väldigt obehagligt.
– Men dom bar ju ut Eva. Hon var inte sönderbränd.
– Vilket kan betyda att det funnits en annan kropp här
inne.
– Du hade rätt, Henry. Vi är chockade. Bra jobbat.
Det var nästan så att jag sa till honom att det var impone-
rande. Men det kändes som att ge honom lite väl mycket
beröm för en och samma sak. Vi undrade alla hur någon
lyckats få ut kroppen både fort och oupptäckt. Även om
man kunde gå bland alla andra som var här utan att nå-
gon reagerade så måste dom ju ändå ha sett någon bära
på en kropp. Det verkar som om vi har att göra med någon
erfaren brottsling. Eller mer troligt så är det flera brotts-
lingar som samarbetar. När vi undersökt köket i ungefär
en timmes tid förstod vi varför dom valde att starta el-
den där. Här finns träluckor som brinner bra och likaså
köksmöblerna. Förhoppningsvis kan teknikerna hitta lite
fiberrester från brandbomben som vi kan få användning
för. Något av värde borde ha överlevt branden.

§ 5 §

När vi lämnade brottsplatsen hann vi knappt börja köra innan min telefon ringde. Så jag stannade bilen och svarade. Det var helt tyst. Inget hördes. Trots att jag upprepade mig flera gånger om vem dom kommit till. Efter flera försök la jag på. Sedan fortsatte vi åka mot ett matställe. Det var länge sedan vi åt något och det kändes som om att vi båda behövde ny energi. Så vi orkar fortsätta ett tag till. Bara någon minut efter förra påringningen, ringde min telefon igen. Återigen var det helt tyst. Mycket underligt det här. Är det någon som försöker kontakta mig men har dålig täckning? Vem det än var så hände det en tredje gång precis efter att jag la på. Även denna gång var det inget svar. Men då hör jag Henry skrattande bredvid mig.

– Okej, vad är det som är så roligt?

– Det låter så roligt när du upprepar dig så många gånger.

– Ha ha, jättekul. Irriterande är mer ordet. Så fort vi kommit fram till restaurangen så kommer jag ringa tillbaka till dom och se om det passar att svara då.

Mer skratt från min kollega hördes. Den här gången så högt att det nästan skar sig i öronen på mig.

– Okej, det är trevligt att du tycker det är så himla roligt. Men snälla, inte så högt.

– Förlåt. Men det är svårt att låta bli. Eftersom det är jag som ringt dig, haha.

– Va? Du? Varför gjorde du det?

– Det var bara ett roligt bus jag kom på. Vilken min du hade. Den skulle du ha sett, haha.

– Jättekul, Henry. Du slösar tid för nöjes skull. Skärp till dig nu, annars måste jag ge dig en varning.

– Nej, förlåt. Så roligt var det inte. Du har rätt. Jag vill inte få en varning. Skulle det bli en till så måste jag ju sluta med det här otroliga jobbet.

- Faktiskt använder jag baseboll-metoden. Du får tre chanser. Men efter det åker du ut. Skämt tål jag så du får ingen varning för det här. Lite kul var det faktiskt.
- Vad bra att du tyckte det.
- Och nu kanske vi skulle kunna vara allvarliga ett tag. Min största fundering just nu är hur dom lyckades få bort kroppen. Vad tror du, Henry?
- Det var ingen lätt fråga precis. Tyvärr har jag inget bra svar på den.
- Ingen större överraskning där inte. Hur lätta frågor förväntar du dig egentligen?
- Jag skulle kunna svara på var jag bor till exempel. Så frågor i den stilen vore perfekt.
- Ja visst! Självklart!
- Klart jag kan svara på dom. Hur dum tror du egentligen att jag är?
- Nej, det var inte det jag menade. Utan det var bilen vi mötte när vi var på väg mot Kents hus.
- Vad är det med den nu då?
- Eftersom den kom i så hög fart så måste den som kört antingen haft bråttom till eller från något.
- Trodde du tänkte det redan när vi mötte den. Precis som jag gjorde.
- Okej, du som tänker snabbare än mig. Du lyckades inte uppfatta registreringsnumret?
- Nej, men det gjorde inte du heller. Så ingen av oss fokuserade på det viktigaste.
- Jaja, sluta gå in på negativa detaljer.
- Visst. Jag kommer åtminstone ihåg en sak som är väldigt positiv.
- Jaså? Nu har du väckt mitt intresse att lyssna på dig.
- Jo, jag kommer ihåg dagen du anställde mig och vilken fantastisk känsla det var.
- Nu hade det ju varit bra om det hade något med fallet att göra.

– Ja, men hade du inte anställt mig så hade jag inte varit delaktig i det här fallet så det måste väl ändå räknas?

– På sätt och vis. Men du vet att jag menade något som gör att vi kommer närmre den skyldiga.

– Jaha. I så fall har jag inget att komma med.

– Som så många gånger förr.

– Ursäkta?? utbrast Henry chockat.

– Det var inget. Men ibland måste man nästan räkna med att ställa frågorna så långsamt och tydligt. Risken finns att du hinner somna innan frågan är färdigställd.

– Om du vill ha min hjälp får du sluta att vara så spydig emot mig.

– Du har rätt. Jag ber om ursäkt. Det måste vara hungern som gör mig så lättretlig.

– Så vad hade du tänkt att ta för mat idag då?

– Har inget planerat. Allt arbete har gjort att det inte funnits tid för mig att tänka på det.

– Vad bra. Samma här. Så är det okej om vi äter tillsammans någonstans?

– Självklart. Vi är ju ett team. Hur skulle det se ut om vi åt på skilda håll?

– Antagligen skulle det se normalt ut. Det är inte många i den här stan som vet om att vi är kollegor.

– Sant. Men det hade hindrat oss från att gå igenom vad vi har så här långt.

– Så vad blir det för något nu då?

– Troligtvis blir det någon slags skräpmat. Allt för att det ska gå så fort som möjligt.

– Det lät inget vidare. Vem skulle vilja äta skräp?

– Snabbmat då om det passar dig bättre?

– Det låter mycket godare än skräpmat.

Orken för att förklara för honom fanns inte. Så han fick en nickning som svar från mig. Det fick bli den populäraste pizzerian i stan, Bennys pizzeria och bar. Det är gott om parkeringar och ligger väldigt lätt tillgängligt precis utanför centrum. När man kommer in i restaurangen så ser man dom blåklädda stolarna med runda bord klädda i någon slags granitimitation. Tre tv-apparater av större modell hängde på strategiska platser längs med väggarna. Den renovering som dom precis blivit färdiga med blev väldigt lyckad. Även om dom bara har snabbmat så känns det som att gå in på någon dyrare restaurang. Henry tog en hamburgertallrik och jag bestämde mig för en kebabtallrik. Bara för att den såsen dom har här är fantastisk. Varken Henry eller jag sa något medan vi satt och väntade på maten. Vi var båda så inne på att få äta nu. Ingen av oss har hunnit äta något sedan frukost. Och nu var klockan fem i två. Så det var en sen lunch idag. Dom hann knappt sätta ner våra tallrikar innan vi båda började äta. Efter att vi fått i oss ungefär hälften utav maten så tog min kollega ton. Till min stora förvåning.

– Nå, Sören. Vad har vi så här långt?

– Okej, så för att ta det från början. Vi började leta efter min försvunna kusin. Vi har frågat ut dom som jobbar på ställena Kent ofta besöker. Om dom sett honom den närmsta tiden. Den informationen har inte lett oss vidare. Och nu senast hände det hemska att deras hus brann med Eva i det. Som turligt nog klarade sig relativt oskadd. Plus att vi såg tecken på att en annan kropp har legat där inne. Är du med, Henry?

– Nej, jag slutade lyssna efter ett tag. Maten var så god så den tog över mitt intresse. Skulle du kunna ta det igen?

– Det kan du glömma. Ät upp nu i stället så att vi kommer härifrån och kan fortsätta jobba.

På bara femton minuter hade vi ätit upp. Och det var inga små portioner vi fick heller. Så fort det kan gå när man varit så hungrig. Som en kompis till mig alltid sa »det var det godaste jag ätit«. Något han i nio fall av tio sa efter en måltid. Skillnaden är att jag säger det bara vid max två gånger av tio. Efter en sådan måltid kändes det som om en paus skulle sitta helt rätt. Tyvärr har vi inte tid med sådant. Men fem minuter var vi tvungna att bara sitta där, eftersom ingen av oss orkade röra på sig.

- Ja, det satt fint men nu har vi inte tid att sitta här längre. Tillbaka till arbetet.
- Instämmer. Ska bli kul att se om man kan stå upp, hehe.
- Vi är tvungna. Annars kan vi omöjligen ta oss tillbaka till brottsplatsen.
- Får jag komma med ett förslag?
- Absolut, för all del, stönade jag till svar medan jag reste mig från stolen.
- Vad sägs som att gå ner till bowlinghallen och se om vi kan få tag i några av hans vänner?
- Bra idé. Han kanske har vänner som han bara möter där för att spela med dom.
- Precis. Jag kom på att vi har frågat många av dom anställda. Men inga av hans vänner. Dom kan förhoppningsvis ge oss någon viktig information.
- Perfekt, så gör vi. Låt oss hoppas att det är någon där som kan vara till hjälp.
- Det måste ju finnas någon. Annars har vi en väldig otur.

När vi kom till bilen och jag skulle låsa upp den så låg inte nyckeln i fickan. Min första tanke var att den hamnat i någon annan ficka. Men där låg dom inte heller. Henry kollade fundersamt på mig.

- Vad håller du på med? Ska du låsa upp någon gång idag?
- Jag hittar inte nycklarna. Det är väldigt svårt att åka utan dom.
- Svårt men inte omöjligt. Vi kan starta den om vi bara kommer in i den.
- Nu vill jag ju inte bryta mig in och skada min bil.
- Då kanske att gå in och fråga på restaurangen är ett alternativ?
- Som om jag inte redan har tänkt på det. Precis vad jag var på väg att göra.

Så vi gick in igen. Ställde oss i kön som så klart hade hunnit bildas. Turligt nog tog det inte mer än några minuter innan dom sju personerna framför oss hade beställt.

– Jaså grabbar, ni är fortfarande hungriga. Vad vill ni ha nu då?

– Inget, vi är mätta och belåtna. Men däremot så har vi tappat bilnycklarna. Har du eller någon annan anställd sett dom?

– Jag personligen har inte sett dom. Låt mig fråga dom andra. Kolla golvet där ni satt ifall den skulle ligga kvar där medan ni väntar.

När jag vände mig om så stod inte Henry bakom mig längre. Efter att ha kollat runt i rummet syntes han inte till. Innan jag kollade längre ner. Då stack hans fötter ut under bordet. Dukarna var så långa att man inte såg mer än skorna sticka ut.

– Har du hittat dom, Henry?

– Vad sa du? Prata högre, duken är i vägen.

– Dumma dig inte, du hörde mig.

– Dom finns inte här nere. Det enda som tillkommit är en bula på mitt huvud.

– Hur lyckades du få den?

– Jag tog upp huvudet lite för högt och slog i undersidan av bordet.

– Det kan inte ha varit så hårt. Jag hörde inget.

– Den enkla anledningen till det var att du stod vid kassan och pratade.

– Jaha, okej då. Kom upp därifrån nu så väntar vi på svar från personalen.

– Om dom inte har hittat dom. Ska vi börja cykla då för att kunna ta oss runt?

– Nej du. Det blir inget med det.

– Motion och frisk luft är väl jättebra. Varför vill du inte göra det?

– Därför att jag inte har suttit på en cykel på över tio år.

– Men du vet vad dom säger. Man glömmer aldrig hur man cyklar.

– Glömmer nej. Men idag när man kan köra bil och slippa trampa. Det är mer min orsak. Bekväm och lat.

– Du skulle må bättre av att cykla.

– Efter några veckor kanske. Men i början kommer jag bara bli trött och svettig. Nej tack, bilen är det som gäller.

Nu kom äntligen en från personalen för att ge oss ett svar. Tyvärr var det inte svaret vi hade hoppats på. Ingen har sett mina nycklar. Så det var bara att tacka för att dom tog sig tid.

– Jaha, Henry. Det verkar som om vi får gå resten av dagen.

– Imorgon då?

– Jag får ju ta fram reservnyckeln helt enkelt.

– Det låter bra. Imorgon var det visst risk för regn.

– Säger han som tyckte att vi skulle börja cykla.

– Nej, inte jag. Du skulle göra det.

– Det kunde jag ju räknat ut.

– Sören! Jag ser dina nycklar. Dom ligger vid framdäcket.

– Men hur kunde vi missa att titta ner? Jag måste ha missat fickan när jag skulle lägga ner dom.

– Ja, nu slipper vi att gå i alla fall. Vilken lättnad det måste vara att hitta dom.

– Helt underbart att kunna slappna av.

– Då så, mot bowlinghallen.

Sexan spinner fint. Jag älskar det ljudet. I den här staden är det väldigt ovanligt att det är mycket trafik. Oftast behöver du inte stanna längre än max en halv minut innan du kan köra ut från en sidogata. Nog för att Jämnlunda inte är så stort, med sina cirka tiotusen invånare. Men visst kan det bli köer även här. Den längsta tiden som jag stått vid en korsning är fem minuter. Så fort det blev fritt från ena hållet så kom det bilar från det andra. Och så höll det på. Men som vanligt gick det smidigt även denna gång. Inte för att det hjälpte. För när vi väl kom fram så var det stängt för kurs. Sicken otur man kan ha ibland. Precis när jag skulle köra i väg ringde telefonen.

– Detektiv Sören Hedström.

– Ja, det är Leif här. Det brinner på Trädgårdsgatan igen.

– Va, i Kents hus nu igen? Det finns ju knappt något kvar av det i så fall.

– Nej, det är grannhuset som brinner. Jag vore tacksam om ni kunde komma hit.

– Vi är inte brandmän. Så det finns inte så mycket vi kan göra.

– Efter att branden är släckt kan vi gå in och kolla ifall det här kan vara relaterat till förra branden.

– Bra plan. Vi är på väg, svarade jag innan vi la på.

– Du, Sören. Det här börjar likna en actionfilm, sa Henry.

– På grund av allt som händer, menar du?

– Nej. För att när du pratat i telefon under stress, säger du aldrig hejdå. Utan bara lägger på. Och Leif verkar göra precis likadant.

– Sant. Men varför skulle vi säga hejdå när vi ändå kommer att ses inom några minuter?

– För att det är vanligt hyfs. Säger man inte det så betyder det att man antingen är arg på den personen. Eller att man har mer att säga.

– Inte i det här fallet. Nu råkar det vara så att båda är stressade. Det är förklaringen.

Bara för att vi satt och diskuterade det här så mycket glömde jag att bromsa inför ett farthinder. Det kändes som om man var på väg att flyga ut genom takluckan. I Henrys värld skulle han säkert se det som ett bra tillfälle att få en bra utsikt. Medan vi andra i den riktiga världen oroar oss för hur ont det kommer göra att landa. Resterande biten av resan satt jag mest och kände efter var det gjorde ont någonstans. Så mycket till diskussion blev det inte. Till och med Henry var tyst. Han kanske såg att det inte var läge att prata. När vi kom fram till huset så var det övertänt. Brandmännen höll bara kontroll på branden för att förhindra den från att sprida sig. Vad hemskt det måste vara att känna sig maktlös. Att bara stå och titta på. Det är nog en av dom hemskaste saker du kan känna som brandman. Fast läkare som upptäcker en obotlig sjukdom är nog värre. Rena mardrömmen att veta att någon kommer må sämre och sämre. Samtidigt som man vet att det inte går att förhindra det på något sätt. Vi såg oss omkring men kunde inte se Leif där. Mycket konstigt. Med tanke på att han har utryckningsfordon så borde han ha kommit fram före oss. Bara han inte har krockat på vägen hit. Inte för att det finns något vi kan göra åt det om så skulle vara fallet. Det hela var nog lite mycket för oss att ta in. För varken jag eller Henry sa något. Vi bara stod där och stirrade rakt in i lågorna. Det var inte mycket kvar av inredningen nu. Med tanke på hur länge och intensiv branden varit i delar utav huset. Brandmännen började göra sig redo för att släcka elden nu när branden till slut började minska i styrka. Man får en väldigt deprimerande känsla när man tänker på familjen som förlorat allt på bara några minuter. Men det viktigaste är att alla klarar sig oskadda. När jag till slut lyckades vända bort blicken och vände den ut mot gatan syntes en person komma gående i raskt tempo. En som är ute och motionerar, var min första tanke. Den personen lär inte springa förbi här utan att stanna till och kolla mer noggrant. När personen kom närmre såg jag att det var Leif. Det hördes mer och mer hur han flåsade när han närmade sig oss. Sista biten ökade han tempot för att sedan stanna och böja sig ner med händerna på knäna. Pustande stod han framför oss med pannan blank utav svett.

– Hur kommer det sig att du kommer joggande? Vart har
   du gjort av bilen?

- Det råkar vara så att den inte ville starta. Antagligen på grund av ett dött batteri.
- Vi kunde ha hämtat dig. Varför ringde du inte?
- Därför att min hjärna var upptagen med andra tankar. Så enkelt är det.
- Jaha, okej. Men du har inte missat något. Dom kommer vara färdiga inom kort. Sen är det dags att börja jobba för vår del.
- Ursäkta om jag stör. Men det är en sak som ni bör veta. Fönstret på nedersta våningen är öppet, sa Henry till oss.
- Bra att du är uppmärksam. Men troligen så är det räddningstjänsten som har öppnat det. För att kunna släcka branden lättare.
- Det är ett alternativ helt klart. Men jag gissar att det var den skyldiga som använde det som ingång. Eller så slängde dom in något som brann.
- Låter som ett bra alternativ. Vi går lite närmre fönstret och kollar om vi kan se något utav värde.
- Vadå, inne i huset? Som en tavla då? frågade Henry.
- Nej, i form av något spår. Fotavtryck eller något sådant i marken nedanför fönstret så klart, sa Leif lite irriterad.
- Förlåt att jag frågade. Men bara för det hoppas jag vi hittar något viktigt på fönsterkarmen eller var som helst för den delen.

Vi gick sakta utanför huset för att kunna se minsta lilla detalj. Stort eller smått spelar ingen roll. Efter att ha kollat runt huset var nästa steg att kolla lite längre bort. Sökandet tog mig längre och längre ifrån själva huset. Man kan aldrig vara för noggrann. När Leif plötsligt kom och knackade mig på axeln.

- Teknikerna är här nu. Så nu låter vi proffsen ta över. Dom vill absolut inte ha oss här. Dels för att vi är i vägen. Och sen vill dom inte att vi ska röra något.

Vad tar dom mig för egentligen? Att inte röra något i onödan vet väl alla? Även om det här är mitt första stora fall, så har jag genom dokumentärer lärt mig väldigt mycket om hur sådant här brukar fungera. Fast det är klart. Det är ju något helt annat att uppleva det. Mitt förtroende för teknikerna är högt. Dock insåg jag att Leif inte fått något svar från mig ännu.

– Tro mig. Inget kommer röras utan att någon av dom gett oss klartecken.

Hoppas det inte märktes för mycket att tankarna förlängde min svarstid. Efter att ha gett Leif en nickning tog jag sikte mot baksidan. Tanken var att hinna se mig omkring lite i alla fall innan dom tvingar bort mig från platsen. En sak som syntes väldigt tydligt var att branden var som störst på framsidan. Dom två tydligaste bevisen för det var mindre brandskador på både huset och marken. Första instinkten var att meddela Leif och teknikerna om det. Men andra tanken var bättre för mig personligen. Att kolla runt lite till först. Något säger mig att teknikerna hade skickat iväg oss direkt efter att dom fått ta del av informationen. Även om jag var extremt noggrann så verkade inget vara på fel plats. Så tillbaka på framsidan fick Leif höra min upptäckt. Han gick och hämtade en tekniker. Gav oss signalen att följa med tillbaka till baksidan. Det tog inte lång tid innan teknikerna gav sin syn på vad som hänt.

– Mönstret vi ser här har uppstått på grund utav vinden som kom från sydost med vindbyar på runt tio meter per sekund. Vilket styrde lågorna tillbaka mot husfasaden.

Det var väl inget direkt utav värde i den informationen om man frågar mig. Till och med jag hade kunnat lista ut det när Leif tog ton.

– Okej, vi får se vad vi kan hitta inne i huset. Vi har fått tillåtelse att följa med in. På ett villkor. Att vi måste gå väldigt försiktigt. Samt fråga innan vi avviker från att gå bakom dem. Och förhoppningsvis kommer vi hitta något som kan ge svar på vad som startade den här branden.

Henry och jag bara nickade som svar. Men precis innan vi gick in kunde jag inte vara tyst längre.

– Min misstanke är att branden är anlagd.

– Alla vände sig om och bara kollade på mig precis som om det var det dummaste dom hört idag. Det är konstigt att när vissa personer gissar så är det bara dumt. Och för andra är det helt okej eller en superbra gissning till och med.

– Vadå? Varför får jag inte gissa?

Inget svar från någon. Leif vinkade bara in mig för att fortsätta undersökningen. Samtidigt som hans blick sa något i stil med att nu ska du bara vara tyst och göra ditt jobb. Man kan inte bara stå och ta vilda gissningar när proffs står precis bredvid. Så försiktigt tog vi oss in och började leta efter spår. Även om man inte har några större förhoppningar om att hitta något av vikt så ser man sig väldigt noga om ändå. Det som kändes som en timme visade sig vara ungefär tjugo minuter. Tiden går väldigt långsamt när man är i en situation som man inte är bekväm med. Men då hördes plötsligt Henry.

§ 6 §

— Det här kan vara en ledtråd. Kan ni ta er hit och kolla? Klart vi kan. Men det kommer inte gå fort. Varken Leif eller jag svarade honom. Vi började sakta gå mot honom. När vi väl kom fram, stod han bara där och kollade ner på golvet.

– Det verkar som om den där biten har brunnit på ett konstigt sätt.

– Henry. Inte för att vara elak. Men allt har brunnit här inne. Och den konstiga anledningen är det som vi letar efter. Men svaret finns inte där.

Den träbiten gav mig ingen känsla av att den skulle ge något utav vikt för oss. Så sakta vände jag mig om och började gå tillbaka till därifrån jag kom, när Leif tog ton speciellt inriktad mot mig.

– Sören! Henry har nog något här. Det mesta är bränt här, absolut. Men den här biten är bränd på ena sidan på ett misstänkt sätt. Något säger mig att om vi undersöker den närmre så kan vi få en ledtråd till vad som startade branden.

Irriterande nog så har han nog en poäng. Så motvilligt nickade jag instämmande. Ett verbalt svar hade bara låtit irriterat. Leif signalerade till en tekniker att komma med en bevispåse och lägga biten där i för en noggrannare undersökning. Visst, Henry kanske hade lite tur om det nu skulle visa sig att det är bevis. Tyvärr kommer det ta upp till en vecka innan vi kan få svar. Ännu har vi ju ingen misstänkt får något av brotten. Turligt nog var klockan inte allt för mycket. Så ännu fanns det mycket tid kvar av den här dagen. En tanke som jag inom kort skulle ångra. Eftersom Henrys fynd gjorde så att jag tappade bort var jag hade letat någonstans. Så det fanns bara ett alternativ för mig. Börja om från början och förhoppningsvis så letar jag inte på samma ställen som dom andra redan varit på. Och vid det här laget blev det bara jobbigt att fortsätta leta. Nu var mina tankar bara inställda på att komma därifrån. Förhoppningsvis missar jag inget av värde på grund av det. Min koncentration började svika mig. Allt letande var visst mer tröttsamt än vad jag först trodde. Även om vi inte hade letat överallt så kändes det så, när Leif äntligen hörs säga.

– Okej, Sören och Henry, då går vi ut nu. Dags för proffsen att genomsöka området utan att ha oss som hindrar dom.

Till sist kom orden som jag ville höra. Äntligen fick vi åka härifrån och göra något annat. Hur mycket man än älskar sitt jobb så är vissa saker sådant man helst undviker. Så jag gick till Leif och tackade för att vi fick ta oss en titt men att vi tyvärr inte hittat något utav direkt värde. Med raska steg gick jag mot bilen. Vände mig om och ser att Henry står kvar borta hos Leif. En djup suck av trötthet kom ur mig.

– Henry! Det är dags att åka nu!

– Kommer så fort jag kan, Sören!

Det som du och jag anser som snabbt stämmer inte överens med Henrys. Eller så gick det kanske rätt så fort fast det kändes som en lång tid bara för att man själv var otålig. Precis när han skulle sätta sig i bilen så stannade han upp.

– Jaha. Ska du sätta dig i bilen eller har du fastnat?

– Jag funderade bara på en sak.

– Visserligen är du man, men du borde kunna tänka och sätta dig i en bil samtidigt ändå. Alla andra kan ju det. Fast du är ju speciell, förstås.

– Oj, tack. Det var snällt sagt.

– Det var inte menat som en komplimang. Snälla, sätt dig i bilen nu och berätta om din fundering om du vill där.

Henry svarade mig inte utan satte sig bara och drog igen bildörren med onödigt mycket kraft. Inte kan han väl vara irriterad nu igen?

– Okej. Berätta nu vad du tänkt på.

- Jo, det är bara det att jag undrar var den där mannen i mörk rock är någonstans. Var länge sedan vi såg till honom.
- Det var visserligen rätt länge sedan. Men det kan faktiskt vara en kvinna också.
- Jag är rätt säker på att det är en man. Sannolikheten för det är mycket högre. Men varför han springer runt och håller på med sina misstänka aktiviteter är den stora frågan.
- Och vad får dig att vara så säker på det?
- Eftersom vi inte kunnat se vad han håller på med mer än att smyga runt så får man väl ändå kalla det misstänkt.
- Nu menade jag hur du kan vara så säker på att det är en man?
- Om du tänker på alla kriminalfilmer så är det i nittionio procent av fallen en man som är den skyldiga.
- Även om det ligger en del sanning i det så utesluter det ändå inte att det är en kvinna. För, som jag har sagt till dig många gånger redan, det här är ingen film.
- Du får tro på det alternativet om du vill. Men jag håller fast vid mitt, som är det rätta.

Någon utav oss har ju gissat rätt. Den någon är så klart jag. Det är nog för det bättre om vi har egna teorier. Förhoppningsvis gör det oss båda mer uppmärksamma.

- Men nu måste vi sätta fart, Henry. Tid är pengar, som man brukar säga.
- Så om jag bara sitter och gör ingenting. Rullar pengarna in automatiskt? Det låter ju fantastiskt.
- Nu är det ju inte så man menar. Utan mer att när du jobbar så gäller det att vara effektiv. Så du hinner göra så mycket som möjligt. På så kort tid som möjligt. Då tjänar du mer pengar på en arbetsdag.
- Okej, då förstår jag. Eftersom jag bara jobbar begränsat antal timmar per dag så måste jag vara snabb för att kunna tjäna mer pengar.

- Vet du. Vi nöjer oss så. Ingen av oss har tid att sitta här och diskutera sådant just nu.

Under tiden vi åkte till Henrys hus kom tankarna igen om hur någon eller några lyckats få ut kroppen från huset så fort. Utan att bli upptäckt, dessutom. Hur har dom lyckats göra detta med oss precis utanför? Någon gång mellan att branden släcktes och vi gick in för vår undersökning lyckades dom ta ut kroppen och gömma den. Det är inte mycket tid vi pratar om här. Så vi måste varit närmre kroppen än vad vi trodde. Så långt kan dom inte ha hunnit få undan den. Vilket får mig att misstänka att vi har att göra med ett riktigt proffs. Om man nu kan kalla en misstänkt mordbrännare för proffs. Så måste det ändå vara så, med tanke på hur lite spår dom eller den lämnat ifrån sig under den korta tidsramen som dom hade. Den resterande biten av resan vet jag inte vad Henry tänkte på. Han bara satt där och kollade på alla hus vi åkte förbi. Men blicken var tom. Det verkade som om hans tankar var någon helt annan stans. Inte ens när vi åkte förbi ett hus som sticker ut rätt mycket. På grund av att det är målat i en lila färg med ljusrosa fönsterkarmar och knutar. Så det är i stort sett omöjligt att missa. Fast det är klart. Henry har ju antingen åkt eller gått förbi det huset så många gånger att det är väl helt normalt för honom vid det här laget. Alla andra reagerar garanterat. Resan som brukar ta tio minuter kändes som en halvtimme. Ändå var det gles trafik och inget som sinkade oss. Väl framme fick jag upprepa att vi var där tre gånger för Henry. Ändå fick jag ingen reaktion. Mitt nästa steg var att röra hans axel och så fort jag rörde honom så rykte han till så pass mycket att han var nära att slå till mig med vänsterarmen. Jag hann att reagera på det. Så mina händer var framför ansiktet som skydd från slaget som aldrig kom.

- Lugn, Henry. Du är hemma nu.
- Oj, förlåt mig. Var jag nära att slå till dig nu? Kändes som att min arm ryckte till en hel del.

- Det var inte långt borta. Du verkade vara väldigt från-
  varande. Är det något allvarligt?
- Som vanligt är det omöjligt att dölja något för dig. Ja,
  det är allvarligt.
- Okej. Berätta om du vill så kanske vi kan göra något för
  att göra det enklare.
- Jo, det gäller min matlåda för imorgon. Jag vet inte vad
  jag ska ha och dessutom finns det inget hemma. Så då
  måste jag gå och handla. Vilket jag inte orkar göra.
- Men Henry. Var det allt? Det här löser du. Inget kom-
  plicerat alls.

Nu var det mer vänligt än ärligt. Vad det verkar som så
har Henry mer än lite svårigheter för att lösa sådana här
så kallade problem. Ni kanske tycker jag är elak mot ho-
nom. Men det är bara sanningen. Mina tankar om honom
är sådana helt enkelt. Om ni dessutom tror att jag säger
dom här sakerna bara för att jag inte gillar honom så har
ni fel. Han är speciell, visst. Ändå så är han en bra kille.
Utan honom skulle arbetsdagarna vara väldigt ensamma.
För att inte nämna tråkiga. Han må vara en skämtare och
ha svårt för att fokusera på saker. Ändå gillar jag honom
väldigt mycket. Vi kommer inte alltid överens. Men det
är väldigt ovanligt att man gör det med någon hela tiden.
Ibland skär det sig. Sådant man får räkna med när man är
vänner. Fast i det här fallet kollegor.

- Tack så mycket, Sören. Du får mig att känna att jag
  skulle kunna klara av precis vad som helst. Det går inte
  att förklara i ord hur mycket jag uppskattar att du säger
  så positiva saker.
- Varsågod. Och nu ska du få ett tips. Köp spagetti och
  köttfärssås tills imorgon. Smidigt och gott.
- Alltså jag har verkligen världens bästa chef.
- Vad du tar i, Henry. Men eftersom du inte hade något
  hemma så vad sägs om att åka till affären och handla?
  Så får du sällskap och så kör jag hem dig igen efteråt.

– Menar du det? Det vore en ära.

Nu var det min tur att vara förvånad. Att Henry kunde vara en sådan gentleman och uttrycka sig så hövligt. Jag om någon borde veta att folk inte alltid beter sig som dom ser ut att göra. Utseendet avslöjar inte hela bilden. Ändå är det något som jag baserar mina gissningar på väldigt ofta. Det var som att han gjorde mig en tjänst genom att säga så där. Han fick mig att inse en gång för alla att mer än en ytlig bedömning behövs. Om jag ska kunna hitta den skyldiga, går det inte vara så ytlig. Man måste titta noggrant och se till att man bedömt personen från alla vinklar man kan tänka sig. Just vid den här tidpunkten var det däremot sämre att tänka så noggrant. För under tiden som min fundering höll mig sysselsatt i tanken så körde vi förbi infarten till Ica. Så kanske var Henrys ouppmärksamhet tidigare befogad trots allt. Kan till och med jag missa något så tydligt som en infart, den är ändå bra skyltad, så är det inte konstigt att han missar en massa små saker. Även om det i just detta fall är riktigt illa att förlora sig i sina tankar. Att vara bakom ratten och dessutom ute i trafiken, men inte vara medveten om sin omgivning kan verkligen bli kostsamt.

– Sören! Ursäkta, men du körde förbi infarten. Jag har försökt att uppkalla din uppmärksamhet ett tag. Men inte fått någon respons från dig överhuvudtaget.

– Oj, körde jag för långt? Det var bara för att mina tankar var någon annan stans än var dom borde varit.

– Jo tack, det märktes, om man säger så. Det är inte bara jag som fastnar i tankar.

– Nej, det är det verkligen inte, bevisligen. Hur jag kunde missa infarten är mycket underligt.

– Det är det verkligen. Men det spelar ingen roll nu. Vänd så fort du kan bara så jag kan komma hem och laga maten någon gång. Den kommer inte att laga sig själv och definitivt inte när inte ingredienserna finns tillgängliga. Jag blir lättirriterad när hungern tar överhand.

- Okej, tack. Du har fått fram ditt budskap. Klart och tyd-
  ligt dessutom.

Turligt nog så är det en rondell i slutet av gatan. Så den fick
agera vändplats. Det var en smidig lösning på ett onödigt
misstag. Det är inte bara min kollega som vill komma hem.
Inte nog med att jag var tvungen att erbjuda skjuts till af-
fären utan också hem igen. Så visst blir det smidigt för
honom. Men för mig kommer det kosta en massa tid som
kunde ha använts till något mer produktivt som gynnat
mig. Sitter jag och klagar på att det kommer ta tid? När det
var mitt eget förslag. Nej, nu får dom tankarna försvinna.
Det är inte Henrys fel att min fritid blir förkortad. Det är
mitt eget fel till hundra procent. Dags att komma tillbaka
till verkligheten och min vän bredvid mig. Vänta här nu.
Min vän? Nej, kollega ska det vara. Nu kunde jag åtmins-
tone släppa mina tankar tillräckligt mycket för att kunna
se att vi rullade in på parkeringen utanför affären. En av
dom största parkeringarna i stan med ungefär etthundra
platser, är min uppskattning. Sen att kalla det affär känns
lite vilseledande. Nu för tiden känns det som att affär har
lite av dom nödvändigaste sakerna och lite blandade små
saker. Och lokalen är inte allt för stor. Medan där vi skulle
gå in i dag mer kan klassas som en stormarknad. Massor
med saker som du behöver och nästan lika mycket av så-
dant du inte visste att du behövde. En stor byggnad med
en vit exteriör och ett stort glasparti ut mot parkeringen
där caféet låg. Där alla bakverk var bakade på plats. Nu var
det bara en svår uppgift kvar innan vi kan gå in. Att hitta
en parkering som låg så nära entrén som möjligt. Precis
som alla andra kunder vill ha. Alla vill ha det precis lika
bekvämt. Lathet är människans främsta signum. Slippa
gå så mycket och helst ska platsen också ligga så att det
blir smidigt att ta sig därifrån. Turen var med mig, det
fanns en ledig ruta bara tio meter ifrån entrédörren. Det
är ju perfekt och jag började styra mot den. Men eftersom

mitt fokus var på rutan missade jag att det kom en bil från andra hållet som också var på väg mot samma plats. Precis när jag skulle svänga in och parkera så upptäckte jag den andra bilen och bromsade hårt, vilket även den andra bilen gjorde. Båda stod nu stilla och vi tänkte antagligen samma sak. Vem ska få ta rutan? När den andra föraren gestikulerade att hon lät mig ta platsen tackade jag henne och körde in för att till slut kunna parkera. En ny tanke kom till mig som tyckte att det är skönare att stanna kvar i bilen medan Henry går in på egen hand. Nej, så självisk får man inte vara. Speciellt inte när det var mitt förslag att göra honom sällskap. Även om det sällan kommer sådana förslag ifrån mig, så bryter jag dom aldrig. När jag kollade mot min kollega som då stirrade rakt i ögonen på mig så tog det mig en stund att inse att han faktiskt sa något.
– Jo, jag sa att ska vi gå in så vi får detta överstökat?
Han fick en nick från mig som svar. När mina tankar ville att jag skulle starta bilen igen och lämna honom här. Men så elak får man inte vara och speciellt inte nu när jag har sagt till mig själv att stå vid mitt ord. När vi hade gått in genom dom stora glasdörrarna så sa jag till min kollega att han kunde gå och handla det som behövs. Medan jag väntar vid cd-skivorna. Kanske inte så förvånande så fick det förslaget ett kraftigt nej. Eftersom Henry tyckte att om jag står där hela tiden så räknas det inte som sällskap. Så det var bara att ge med sig och hänga med genom hela affären. Till min stora förvåning så gick det väldigt smidigt och det tack vare att Henry knappt stannade till för att plocka upp dom varor som han skulle ha. Han visste precis var allt fanns. Snabbt och metodiskt tog han sig fram mellan hyllorna. Det kom som en överraskning för mig att han kunde vara så snabb och effektiv. Det är långt ifrån det intrycket man får när man ser honom. Det finns verkligen en hel del sanning bakom uttrycket att man inte ska döma en bok efter omslaget. Något jag fått flera bevis

på inom en kort tid. Snart var vi tillbaka vid bilen och la in varorna i baksätet. Trots att vi bara var inne i affären i ungefär femton minuter så var himmelen inte blå längre. Gråa moln hade börjat ta över och det såg ut som att det skulle kunna bli regn framåt kvällen. Något som inte nämnts på nyheterna under dagen. Inte ett ord om regn men det verkar som att dom kommer ha fel, ännu en gång. Dom har mer fel än rätt när det kommer till vädret nu för tiden. Det känns som att man själv skulle kunna göra ett bättre jobb utan någon teknisk hjälp. Förhoppningsvis faller inte regnet förrän till natten. Min bil som numera såg lila ut i stället för blå skulle behöva en tvätt. Om man skulle ha lite tur så kommer det regna riktigt hårt i natt. Så att smutsen sköljs av och man slipper tvätta den själv. Det blev nästan en färgskiftande lackeffekt när solen lös från en viss vinkel. Lite snyggt var det och det gjorde att man kände som om man hade två bilar i stället för en. Det kändes även lite lyxigt. När vi satt oss i bilen och det var dags att börja köra tillbaka Henry så lovade jag mig själv att inte låta mina tankar ta över och vara medveten om min omgivning i stället. Turligt nog lyckades jag med detta. Och den här gången kändes det som om att det var mer tur än skicklighet. Någon gång ska man ha det också. Väl framme hos Henry skulle min kollega precis säga hejdå och stänga dörren innan han kom på att hans varor stod i baksätet. Medan han tog dom så lät han passagerardörren vara öppen. Under tiden tänkte jag att man inte är ensam om att vara i andra tankar direkt. Även Henry verkar vara lika tankspridd som mig ibland. Men så länge man ser det roliga i det så är det bra. När jag kollade mot min kollega så såg han fundersam ut. Han bara stod där med en kasse i vardera hand. Och det slog mig att vi inte sagt ett ord till varandra sedan vi lämnade parkeringen. Så här kan vi ju inte dela på oss för dagen. Så det var dags för mig att bryta denna pinsamma tystnad.

– Du, Henry. Det är en sak jag vill ha sagt innan vi tackar
för idag.
– Vad är det nu du vill? svarade han med en väldig ag-
gression i rösten.
– Jag förstår att du är irriterad på mig med tanke på att
även om vi satt bredvid varandra så var jag inte särskilt
närvarande. Som du vet beror det på att mina tankar
går igenom fallet gång på gång. För att vara säker på
att ingen detalj förbises. Det har inte varit min mening
att ignorera dig.
– Jo, på den tiden som vi har jobbat ihop så är det något
som är väldigt tydligt att du gör. Det är helt okej. Du är
förlåten. Det är sådant som händer. Även mig faktiskt.
Fast det händer ju dig oftare än mig.
– Det är väldigt sant. Och en sak till skulle jag vilja säga
till dig. Bra jobbat idag, Henry. Du har verkligen visat
att du kan väldigt mycket mer än vad man får intryck
av när man precis börjat lära känna dig. Fortsätter du
så här så kommer vi att göra något speciellt när allt det
här är över. Förhoppningsvis så kommer det vara för att
vi firar. Det är ett löfte.
Henry blev så förvånad att det enda han kunde ge till svar
var.
– Tack så mycket, Sören, Vi ses imorgon.
Innan han stängde dörren och började gå mot sitt hus. Av
någon anledning så kändes det bra att ge honom en kom-
plimang. Helt spontant dessutom. En kvalificerad giss-
ning är att han kommer att sova riktigt bra i natt tack vare
mig. Det var definitivt inte något han räknade med att få
höra när han gick upp i morse. Det gjorde förstås inte jag
heller men då och då förvånar jag till och med mig själv.
Ännu en överraskning för mig var att Henry stannade
upp, vände sig om och började gå tillbaka mot mig.

§ 7 §

Väl framme vid bilen knackade min kollega på rutan för att få mig att rulla ner den.

– Jag fick en idé. Det vore väldigt trevligt om du kom in en liten stund.

– Alltså, det är väldigt snällt av dig att fråga. Men tyvärr måste jag nog tacka nej. Det börjar bli sent och det vore skönt att få komma hem så man kan vara uppe en stund innan det är dags att sova.

– En liten stund bara. Det vore så kul att få höra vad du tycker om min nyrenoverade hall. Du behöver inte stanna längre än fem minuter. Så vad säger du? En liten titt bara. Det skulle uppskattas väldigt mycket.

– Jaa, okej då. Men bara några minuter. Sen måste jag ta mig hemåt.

– Perfekt. Du bestämmer helt när det är dags att gå. Uppskattar verkligen att du accepterade inbjudan.

Utan att ge något fler svar, klev jag ur bilen och följde Henry mot hans hus. Ett rött trähus med svarta stuprännor och orangeaktiga takpannor. Exteriört var huset faktiskt riktigt fint. Enda negativa enligt mig var takpannorna. Dom var lite för orangea för att passa ihop med resten av huset. Det är inget som jag skulle berätta för Henry. Han gillar troligtvis huset. Annars hade han väl gjort om det. Det var som om Henry kunde läsa mina tankar. För precis efter mina tankar om huset så kom frågan.

– Så vad tycker du om mitt hem?

– Det är konstigt att just den frågan man vill undvika att få, är precis den som kommer. Det är ingen idé att försöka ljuga. Ärlighet varar längst.

– Det är väldigt fint. Att du hade ett så fint hus trodde jag aldrig.

Sista biten var ju helt sann. Så tekniskt sett så var det bara en halv lögn.

– Det var roligt att höra. Så du håller inte med dom andra som svarat att det är fint men att takpannorna är lite för starka i färgen?

– Nej, absolut inte. Förstår inte var dom får den idén ifrån.

– Det är därför jag frågar vad andra tycker om huset. Min förhoppning är att svaren ska ge mig idéer till vad som kan förbättras.

Vi gick in och Henry satte kassarna i köket. När han lagt in varorna där dom ska vara fick jag en snabb rundtur så jag kunde se mig omkring lite mer ordentligt. Rätt smakfullt och hemtrevligt.

– Så du har alltså inte bott här länge. Eller är det fel tänkt?

– Du har helt rätt som vanligt. Jag har bott här i lite mer än en månad. Det är därför du är en så bra detektiv och inte jag.

– Så kan det mycket väl vara. Men du är åtminstone en bra assistent. Du lättar upp stämningen när vi jobbar. Och det gör du trots att du är helt ny på jobbet och kastas in i ett eventuellt mordfall direkt. Hur känns det förresten?

– Det är inte lätt. Inte den bästa starten i det här yrket man kan önska sig precis.

– Kan mycket väl förstå att det känns overkligt på ett sätt. Men nu måste jag faktiskt tacka för mig. Det börjar bli sent.

– Tack själv. Det var trevligt att du kom in en stund och såg hur jag har det. Vi ses imorgon.

– Det hoppas jag verkligen att vi gör, Henry.

Min kollega följde mig till dörren. Vi skakade hand och medan jag gick mot min bil stod Henry i dörröppningen och väntade antagligen på att få vinka av mig. Kändes lite underligt men på något sätt hade jag vant mig vid att han gör lite konstiga saker lite då och då. Så fort jag hade satt mig i bilen kollade jag mot Henry som stod kvar vid dörren och vinkade glatt. Han fick en snabb vinkning tillbaka. Sen började min resa hem. Sexan spinner som aldrig förr. Den går bättre sena kvällar då luften är ren och kall. Eller tidig morgon. Gudomligt. Även om det var sent så tog jag vägen genom centrum. Under min resa så gick tankarna för fullt. Detta ledde till en fundering om att vi skulle ta kontakt med Leif imorgon och fråga om dom hittade något DNA på platsen. Det känns som det tagit lång tid att få svar på proverna. Även om det är första gången som något av mina fall behöver DNA för att kunna underlätta det hela så visste även jag att sådant tar tid. Den tanken blev avbruten när en person i mörka kläder som sprang in mellan apoteket och blomsteraffären fångade min uppmärksamhet. Det verkade vara bråttom att ta sig till vart nu den här personen skulle. Tyvärr så hände det så fort att jag inte hann uppfatta om det var en man eller en kvinna. Detta kanske inte är något som är värt att notera ens. Bråttom kan man ju ha. Så jag tänkte inte mer på det. Mitt huvud måste ha gått in i något slags viloläge. Helt tomt på tankar under resten av resan. Och innan jag visste ordet av det var jag hemma. Väl hemma blev det direkt sängen. Nästan direkt i alla fall. Man måste ju borsta sina tänder först. När jag lagt mig så gick mitt huvud ur sitt viloläge. Och då gjorde sig huvudvärken till känna. Så efter bara fem minuter till sängs var det bara till att gå upp igen och ta sig en värktablett. Tillbaka i sängen kändes det som att jag precis hann att slumra till innan telefonen ringde. Vaknar som om det vore skottlossning och börjar febrilt leta efter telefonen. Även om man vet var saker är så har man svårt att orientera sig när man vaknar på det här sättet. Det händer när man hamnar i en vis sovfas och man blir väckt när man är i den. Som att man inte vet åt vilket håll man ligger åt. Så för att underlätta för mig själv så valde jag en gul trådlös telefon i sovrummet. Min tanke var att färgen skulle göra den lättare att hitta. Men när man vaknar på det här viset så spelar färgen ingen som helst roll. Men det är ändå att föredra en trådlös telefon. Innan hade jag min trådbundna. Jag fick lära mig den hårda vägen vad lätt det var att riva ner både lampan och klockan från nattduksbordet med den. Efter att ha tagit sönder ett par lampor så gav min kusin mig tipset om att skaffa en trådlös. Smått skeptisk till hur bra batteriet skulle hålla så blev det ett köp. Något som jag aldrig har ångrat. Däremot har tanken om att byta ut mina andra telefoner i huset till trådlösa kommit. Vi får se hur det blir med den saken. Händerna sökte runt hela nattduksbordet och sängen innan jag lugnade ner mig tillräckligt mycket för att kunna lokalisera telefonen som på något sätt hamnat under kudden. Mina fingrar styrde inte riktigt, vilket gjorde att jag tappade den. Men till sist kunde jag svara. »Ja, det är Sören.« I mina tankar fanns det bara två personer som kunde ringa vid strax innan sju på morgonen. Leif eller Henry. Men jag hade helt fel. Det var en försäljare som ville sälja extra tåliga strumpor till mig. Att dom aldrig kan ringa när det är lämpligt. Fast för mig är det aldrig lämpligt. Vill jag ha något så skaffar jag det själv. Enligt kvinnan som ringde så hade dom valt ut mig att få ett extra förmånligt erbjudande. Så fort dom sagt vad dom ville sälja, så tackar jag vänligt men bestämt nej och önskar dom en trevlig dag innan jag lägger på. Det är trots allt deras jobb så ingen anledning att skrika och vara otrevlig. Men det är viktigt att lägga på så fort man tackat nej och sagt hejdå. För annars så kommer det ett försök att övertala mig att just deras produkt är mycket bättre än sina konkurrenters. På det här sättet sparar vi båda tid. Så egentligen gör jag dom ju en tjänst. Så fort telefonen låg på bordet där den ska vara kom tanken om vad för slags frukost som skulle smaka idag. Det har varit väldigt mycket smörgåsar den senaste tiden. Visserligen med olika pålägg. Även om man varierar påläggen så blir det ändå lite tråkigt till slut. Det är inte alltid så lätt att välja frukost, åtminstone för mig. Gröt var länge sen. Det får det bli. Det är ju både gott och mättande på ett annat sätt än vad smörgåsar är. Så blir det lite varmt toppat av kall sylt. Jag satte ner fötterna på det kalla trägolvet och plockade upp mina strumpor. Direkt efter att dom kom på så började värmen sprida sig från mina tår och värmde snabbt upp mina fötter igen. Det konstiga är att när man känner att fötterna blir varma så börjar man känna efter var man fryser nu i stället. I mitt fall var det ryggen och det kändes som om att kylan tog sig hela vägen in i ryggmärgen. Turligt nog var min tjocka gröna tröja nära till hands. Nu kändes det bättre och det var dags att ta sig till köket. Men precis när rumsdörren öppnades började det dra kallt om benen. Här måste saknas någonting. Mina blåa jeans hängde kvar på trästolen bredvid sängen. Tog på mig dom och snart var jag nere i köket. Så som folk ser mig, skulle dom bli förvånade över att mitt kök är i ganska modern stil. Köksluckor i silver med kromade handtag. En köksbänk i svart med inslag av silverprickar. Resten av köket kändes gammalt i jämförelse. Men det beror på att både spisen och mikron är lite äldre och i vitt utförande. Dom fick vara kvar för det blev lite dyrare än vad som var tänkt med det övriga. Över mikron är skåpet där torra varor är placerat, bland annat flingor, grötris och pasta av olika slag. Det var knappt jag hann öppna skåpdörren så pass mycket att min arm kom in förrän mina ögon började skanna efter mitt mål i dubbel bemärkelse. Till min stora besvikelse så var det slut på grötris. Näst bäst är flingor. Så det får bli dom som jag får nöja mig med helt enkelt. Tog tag i paketet och märkte att det inte var mycket kvar av dom. Det blev en löjligt liten portion. Den skulle jag inte bli mätt på. Trots allt blev det att göra sig en ostsmörgås vid sidan av för att det skulle bli en frukost av det här.

Även om smörgås var det sista jag ville ha, så gick det inte att undvika att ta en. Gröt hade varit att föredra. Precis när man hade satt sig för att avnjuta sin frukost ringer det på dörrklockan. Det är väl typiskt. Ringer det inte på dörren så är det telefonen i stället. Jag sköt ut stolen med baksidan av benen. Hela vägen genom hallen så mumlade jag irriterat. Att det alltid ska vara något som stör när man har påbörjat något. Precis innan min högra hand tog tag i dörrhandtaget stannade jag upp och undrade om den som ringde på hade gått. Det vore ju bra. En frukost väntar på mig. Men då ringde det på ännu en gång. Sicken otur man kan ha. Lika bra att öppna och se vem det är så man får äta någon gång. Jag hann bara öppna dörren några centimeter innan en röst hördes.

– God morgon, Sören.

Den rösten var väldigt lätt att känna igen, det var Henry som hade kommit på besök. Med en så vänlig röst jag kunde få fram önskade jag honom detsamma. Hans tanke var att underlätta för mig, genom att komma till mig i stället för att jag skulle behöva hämta upp honom.

– Du var förstås precis på väg att hämta mig, eller hur? Frågade Henry med glädje i rösten.

Klart han är glad som kunnat äta sin frukost och allt i fred. Nu är frågan om man ska svara ärligt eller ljuga. Eftersom risken fanns att min lögn skulle bli lätt att avslöja genom att bara komma in i köket och se allt dukat och klart. Det är lika bra att vara ärlig direkt.

– Nej, Henry, jag har inte ens ätit frukost ännu. Telefon-försäljare tar så lång tid ibland.

Visserligen tog det inte så lång tid den här gången men nära nog.

– Okej, men då väntar jag här så länge.

Svarade min kollega och visade sig själv in.

– Jaha, välkommen in då. Sa jag tyst och smått irriterad när han gått ett stycke in i hallen.

Väl inne i köket så tittade han mycket riktigt på vad för frukost jag skulle ha.

- Där ser man. Du satsar på en kombinationsfrukost, ser jag. Det är en bra start på dagen.

Sa han medan hans blick sa att det här ska du lyssna noga på så du lär dig något. Men det var också något mer. Till och med allvarligt verkade det vara men ändå sa han inget mer. Fast det är klart. Är det lika allvarligt som förra gången med lunchlådan, så är det ingen panik direkt. Efter vad som kändes som flera minuter men i själva verket handlade snarare om högst tio sekunder var det dags att bryta tystnaden och fråga vad det är som tynger honom. Något är det men han kanske inte vill säga det själv. Utan väntar på att bli tillfrågad.

- Hur är det fatt egentligen, Henry? Det verkar vara något som tynger dig.

- Oj, syntes det så tydligt? Nu när du ändå frågat så ja, det är något i mina tankar som fått mig att ifrågasätta mitt jobb.

- Känns det jobbigt med allt du sett och är orolig för framtiden? Huruvida du kommer klara av det eller inte?

- Det är inte vad jag sett som ligger bakom det här. Utan oron för att förlora jobbet.

- Varför det? Du gör ett bra jobb och det finns inga planer från min sida om att ge dig sparken.

- Det känns som att allt skulle gå mycket lättare om jag inte var där. Jag känner mig bara i vägen hela tiden. Springer runt och är förvirrad konstant. Kommer med onödiga kommentarer och frågor. Inget av det hjälper dig eller någon annan i den här utredningen. Ni har mycket viktigare saker att göra än att bli avbrutna av mig för sådana dumheter.

- Du kan vara lugn. Jag har inga planer på att avsluta din anställning. När det kommer till dina kommentarer och frågor så är dom faktiskt hjälpsamma. Det får mig

och säkert dom andra också att gå igenom sin tanke-
gång en gång till. Du kanske inte tror det själv men
det kan faktiskt göra att man inte fastnar vid ett och
samma spår för länge.
– Är det helt säkert att ni inte blir irriterade?
– Det är min åsikt. Vad dom andra tycker är deras ensak.
Men jag skulle uppskatta om du inte avbröt mina me-
ningar mitt i. Annars är du helt välkommen att flika
in när du kommer på något. Är det för konstigt det du
frågar om, så ber jag dig att vara tyst ett tag. Svårare än
så behöver vi inte göra det.
– Det var verkligen snällt sagt av dig. Efter att ha hört dig
säga allt det här så ser jag oss som vänner, sa Henry med
ett stort leende och en blick av glädje.
– Om sanningen ska fram så är vi kollegor. Och inte mer.
Det verkar kanske som att man är totalt känslokall när
man sett hur glad och uppspelt Henry var över möjlig-
heten av att vara min vän. Speciellt när mitt svar var så
rakt och kort. Men min åsikt är att vi inte känner varan-
dra tillräckligt bra ännu för att kunna gå så långt som att
kalla oss för vänner. Henry kommer att få veta tids nog
att vänner är något vi en dag kommer att bli. Det är bara
att den dagen inte är bestämd när den kommer infalla. Så
fram tills dess så får han tro att vi aldrig kommer bli något
annat än kollegor.
– Jaså, det är så det ligger till. Men då vet jag det.
Besvikelsen var stor för min kollega. Det var omöjligt att
inte uppfatta det på hans blick. Jag sökte ögonkontakt för
att försöka förstå hur hårt han tog mitt svar. När vi fick
ögonkontakt med varandra så kom känslan av att han för-
sökte tolka ifall jag menade allvar. Det kom inte som en
överraskning. Däremot så undrade man ju om han skulle
se igenom den falska fasad jag visade. Visst är Henry en
trevlig kille. Rolig är han också vid vissa tillfällen, även
om han mest framstår som lite udda. Den dagen som jag

sökte efter en assistent, så var det enbart det. En kollega
och inget annat som saknades för mig. Fast så här med facit i hand så borde man ju ha räknat ut att risken för att det
skulle komma någon som kunde tänka sig att ha den man
jobbar med, även som en vän var rätt stor. Jag kallar det
för risk fram tills det känns som vi är bra vänner. Innan
dess kommer det inte att ändras till att han fick chansen
att bli min vän. Nåja, det kommer finnas tid att se över vår
relation när det här är löst och mina tankar är fria från
denna hemska situation.

Innan min karriär som detektiv började så tog jag min
fritid för givet. Nu när man får tid över till att göra vad
man vill så känns det som en lyx. Även om min åsikt är
att man ska kunna ha fritid. Kunna koppla av i lugn och ro
utan stress. Slippa känslan man får på jobbet åtminstone
för någon dag. Tanken har slagit mig flera gånger sedan
jag valde den här karriären. Om vad man egentligen gett
sig in på. Är det verkligen den här sortens arbete som passar mig? Nittiofem procent av tiden är känslan att det absolut var rätt val. Dom sista fem procenten finns dock där
och det räcker för att bli lite osäker trots allt. Även om det
inte är så illa som att vi jobbar dygnet runt just nu så är det
ändå den känslan jag har. Och det är något som min kropp
inte kommer klara av en längre tid. Så när det här fallet
är löst är det dags för mig att gå ner i arbetstid och inte ta
mig an så här stora fall igen. Men så här långt är det inga
större problem med det här upplägget. Så det är bara att
jobba på och försöka att inte tänka på hur många timmar
om dagen man faktiskt gör det. Att dom man gick i skolan
med, kallade mig för envis. Tycker jag inte stämmer alls.
Målmedveten absolut, men inte envis. Att behöva göra om
sin plan lite då och då är inget som skrämmer mig. Sen att
en sådan situation inte har uppstått för mig är en annan
sak. Allt jag velat göra är att lösa mina fall på mitt sätt,
och det har jag alltid hållit mig till. Och så ska det förbli

så länge som möjligt. Det ger mig trygghet. Mina tankar måste ha varit riktigt djupa eftersom Henry lyckats sätta sig ner för att invänta ett svar från mig. Utan att jag registrerat det. Där stod jag och tittade in i väggen. Det var dags att komma ur sina tankar och inte bara stå där utan att säga något. Utan att veta vad så fick det bli en fråga.

– Du vill inte ha lite kaffe medan du väntar på mig?

– Nej tack. Jag är inte alls sugen på kaffe just nu.

Irritationen i hans röst hördes tydligt. Att han inte var den gladaste personen på jorden just nu var kanske inte så överraskande. Utan det var mer hur tydligt irritationen hördes. Man skulle kunna tro att jag förstört hans favoritprydnad eller något sådant. Men var det verkligen befogat att vara så aggressiv? Så farligt var det ju inte. Ett lugnt och tydligt svar var ju allt jag gav honom.

– Okej, du slipper. Det är ingen som tvingar dig. Något annat vill du väl inte heller ha?

Inte ens ett svar fick man. Tydligen kan man bli väldigt arg på någon över väldigt små saker. Åtminstone för mig är det en liten sak. Men för honom verkar det vara väldigt viktigt. Den här vänskapen som han nästan desperat söker enligt mig. Måste ha en stor betydelse för honom. Tyvärr är det nog för sent att rädda situationen för tillfället. Så lika bra att låta honom lugna ner sig så han kan väcka sin vimsiga och glada sida igen. Vid sådana här stunder så inser man att till och med saker som man aldrig trodde skulle bli saknat kan visa sig bli det i slutänden i alla fall. Medan jag satt och åt min så kallade frukost satt Henry och bara kollade rakt in i väggen. Utan att säga ett enda ord eller för den delen röra på sig. Det måste ha varit väldigt djupa tankar han satt i för att kunna lyckas sitta så stilla. Trodde inte man kunde sitta så bekvämt att man inte behöver röra på sig överhuvudtaget under så lång tid. Det tog mig ändå femton minuter att äta upp allt. Men ännu en gång tänkte jag alltså fel. Det känns som att sedan Henry började jobba med mig så har jag börjat ha mer fel än vanligt. Att det skulle vara en slump känns inte troligt. Plötsligt ser jag hur han rör på sig. Men han vände bara blicken mot fönstret i stället. Antar att han kom på att tittar man ut så händer det åtminstone något där förr eller senare. En rörelse är en rörelse så bättre än inget även om man hoppades på mer än så. Den här tystnaden måste brytas inom kort. Annars finns risken att det kommer fortsätta vara så här stelt hela dagen. Och då kommer inget arbete bli gjort. Troligtvis är det mig det hänger på, så lika bra att ta tag i det nu direkt.

§ 8 §

– Henry. Kommer du vara sådan här hela dagen? För du vet att om vi inte pratar med varandra så kommer det här fallet aldrig bli löst. Samarbete är A och O i den här branschen.

Och till min stora förvåning. Han gav mig ett svar. Det tar jag som en seger i sig.

– Jag kommer inte vara sådan här hela dagen. Men låt mig vara i fred så mycket som möjligt i en halvtimme till ungefär. Så kommer allt bli som vanligt igen.

– Vilken tur. För hade du inte börjat prata så hade jag lika gärna kunnat åka och göra allt själv.

Jag hann knappt avsluta meningen innan jag insåg att det där var kanske inte det bästa att säga i ett sådant här läge. Nu blir han säkert ännu mer irriterad och tiden för att allt ska bli som vanligt igen förlängs. Detta fick mig att börja fundera på om det kanske blir så illa att jag måste börja söka efter en ny kollega. För även om jag under den största delen av min detektivkarriär jobbat ensam så är det väldigt svårt att se hur det skulle gå om jag måste gå tillbaka till att jobba ensam igen. Turligt nog så avbröts mina tankar av att Henry började prata med mig.

– Du ska veta att det är inte långt ifrån att du får åka själv i alla fall. Svarade han argt.

– Verkar som att du inte kommer kunna släppa det här snabbt nog om du inte får en ursäkt. Även om det bästa vore om vi båda gjorde det och bara drog ett streck över det här.

Henrys arga blick visade tydligt att han inte alls höll med mig. Troligtvis över båda bör be om ursäkts-delen.

– Okej, Henry, du ska få som du vill. Jag ber om ursäkt för att jag var så okänslig. Men vi måste iväg nu. Vi kan inte bara sitta här och irritera oss på varandra. Eva räknar ju med oss.

– Det låter inte som att du menar det. Du sa det bara för att du kände dig tvingad att göra det. Om du verkligen menar det så var din formulering riktigt dålig.

Just nu så verkade det inte spela någon roll hur jag än svarade. Det verkade som han kommer ta det på fel sätt i alla fall. Så jag tog tag i hans arm och började försiktigt dra upp honom från fåtöljen och ut i hallen. Därifrån gick han själv men det syntes att det var i protest. Armarna i kors och en sur min. Bara en meter utanför huset stannade han och väntade på att jag skulle låsa ytterdörren. Jag kände efter i alla mina fickor efter nyckeln. Men kunde inte hitta den. Det var då jag kom ihåg att dom ligger kvar på köksbänken. Antagligen för att allt mitt fokus låg på att få ut Henry och att börja jobba. Min oro för att han skulle gå tillbaka in i huset med mig gjorde att jag gav honom en liten knuff i ryggen, så han fortsatte gå mot bilen. Det verkade fungera. Så jag sprang snabbt in igen. Det var nästan så att tavlorna i hallen började gunga av fartvinden. Framme vid köksbänken vänder jag snabbt. Samtidigt som jag med höger hand fångar upp nyckeln. Snabbt tillbaka genom hallen, där dom små tavlorna denna gång faktiskt började gunga när jag sprang förbi. Snurrar ett halvt varv så fort jag var helt ute och försökte i farten få i nyckeln i låset. Pinsamt nog så blev första försöket totalt misslyckat. Men andra gången gick det perfekt och jag vred runt nyckeln så snabbt att om någon hade sett mig göra det, skulle dom haft svårt att förstå hur det gick till. Vände mig om och såg att Henry var bara några steg ifrån bilen. För att inte låta honom få chansen att klaga på hur långsam jag var, blev det raska steg mot bilen. Det var nog en dålig beskrivning. Sprang emot den känns mer rätt. Precis innan Henry skulle ta tag i handtaget så kom jag i kapp honom och kunde låsa upp dörren åt honom. Han bara stod där, väntande på klickljudet från låset. Först då sträckte han ut höger arm för att sakta öppna dörren. Henry hade verkligen inte bråttom idag och det irriterade mig. Det som fick min irritation att öka var när han väl hade fått upp dörren. Han började sakta glida ner i passagerarsätet. Under denna tid så släppte jag honom inte med blicken. En väldigt frustrerad blick vid det här laget. Tanken om att vi inte skulle få något gjort idag överhuvudtaget, om han ska göra allt i det här tempot, hann komma. Hela dagen kanske var att överdriva men innan lunch skulle inget bli gjort i alla fall. Till sist satt han ner och var redo att åka. Själv stod jag kvar utanför bilen. Det gick bara inte att sätta sig innan min kollega gjort det. Jag skakade på huvudet innan jag satte mig. Väl bakom ratten, där jag trivs väldigt bra. Antagligen för att det ger mig en känsla av kontroll. I passagerarsätet så kan man inte göra något under resan för att ha det. Ett gammalt minne från förr var när man var ute och åkte med en kompis. Han var en mästare på att bromsa sent. Vilket gjorde att jag av ren reflex tryckte ner foten i mattan för att försöka bromsa. Vissa gånger kändes det som att man var på väg att trycka foten genom golvet. På något sätt kändes det som att det hjälpte att göra så. Som att det skulle varit en extra bromspedal där. Inte för att något sådant skulle fungera i praktiken. Tänk så många av dina så kallade vänner som kommer trycka ner den bara för att enligt dom skoja till det. Så det var helt klart ren inbillning men på något vis kändes det ändå bättre att göra det. Men efter ungdomstiden så har jag hållit mig till att sitta bakom ratten. Där man har kontroll över i stort sett allt. Vad andra gör när dom kör kan man så klart inte rå för. Men däremot är man alltid redo på att något kommer kunna hända. Varje gång man är ute och kör så kan vad som helst hända. Kanske är det därför som jag är så bestämd mot Henry? För att kunna få känslan av kontroll. Kan det till och med vara så att jag har kontrollbehov? Nej, så kan det inte vara. Vilken dum tanke. Sådant har jag verkligen inte. Plötsligt ringde min telefon. Det var Leif. Han gav mig dåliga nyheter. Dom hade velat fråga Eva om vad Kent hade på sig för kläder när hon såg honom sista gången. Men dom hade försökt ringa numret som hon uppgav. Det visade sig att numret inte hade någon abonnent. Och för att göra saken ännu värre så bestämde Leif sig för att skicka ut två poliser för att fråga henne på den adress hon hade gett oss, där hon skulle befinna sig. Väl där så är det ett ödehus som ingen bott i på många år. Jag blev så irriterad att jag direkt tackade honom och la på direkt. När min blick vändes mot Henry, som fortfarande var helt tom i blicken. Han bara satt där och det fick mig att tappa humöret en liten aning.

– Henry! Kom igen nu. Nu får du ta och skärpa dig. Du är som ett litet envist barn. Skärp dig!

Okej, så här i efterhand så kanske jag tappade humöret mer än vad som var nödvändigt. Men det var så ledsamt att se honom hålla på så där under en så här lång tid. Han måste inse att även om han tror att den uppgiften han har inte är värd att hålla på med så behöver han förstå hur viktigt hans jobb faktiskt är. Mycket viktigare än vad Henry själv tydligen kan förstå. För mig är han väldigt viktig för mitt arbete. Utan honom är ingen där som jag kan bolla idéer med eller som antecknar intressanta saker som kommer fram under utredningen. Hade jag inte haft honom så skulle mitt jobb bli så mycket svårare. Borde jag berätta det för honom? Så kanske det får fart på honom. Jag väntar lite med det ifall det kommer flyta på igen senare idag. Kan vara bra att spara på inför framtiden. Man vet aldrig vad som händer framöver. Kanske behövs det senare. Hur som helst verkar han ändå inte vara i rätt sinnesstämning för att kunna uppskatta en komplimang just nu. Med lite tur så går det här över innan dagens slut. Tveksamt kanske. Men man måste leva på hoppet, som man brukar säga. Nu när han vet hur irriterad jag är på honom förväntade jag mig en ännu mer irriterad assistent. Men så var inte fallet. Hans ansiktsuttryck var precis lika dant som innan mitt utbrott. Det verkade inte som att han ens hade hört mig. Ska man ta om det och se om det kommer en reaktion då? Nej, det får vara. Jag fick åtminstone det sagt. Även om det var för döva öron. Det skulle vara en onödig risk att irritera min kollega genom en upprepning om han faktiskt hörde mig. Han orkade troligtvis inte bry sig om att ge mig någon slags respons. Så i stället vred jag om nyckeln i tändningslåset och motorn vaknade till liv. Det är nästan helt ljudlöst inne i kupén, fast man har startat bilen. Motorn är så tyst så man ibland måste kolla om varvtalsräknaren rör sig, som bevis på att den faktiskt är i gång. Först när man gasar så hörs den. Efter att ha ägt bilen i flera år. Hur många minns jag inte ens. Tillräckligt länge för att den ska vara en vardagsgrej som bara finns där. Man kanske skulle försöka införskaffa sig en ny? Men det kommer ju kosta en hel del. Och en hel del är något jag inte äger just nu. Så det får nog vänta till ett senare tillfälle. Den fungerar ju felfritt fortfarande trots allt. Varför byta ut något som fungerar? Medan jag funderade på mitt bilproblem, om man nu ska kalla det ett sådant, så hade vi kommit fram till centrum. Sista rondellen innan kullerstenen för att vara exakt. Ett underlag som inte är en favorit för mig. Guppigt på sommaren och väldigt halt om det börjar regna. För att inte tala om vintertid. Det är nästan så beskrivningen om hur halt det kan bli i ett lexikon skulle kunna vara kullerstenshalt. Man vet ju att egentligen är dom gjorda för att förhindra fortkörning. Och det funkar det verkligen som. Kör man för fort här så kan man slå sönder hela underredet på bilen. Mina tankar stördes av ett djupt hål som uppstått av att vissa stenar hade sjunkit ner mer än dom andra. Tur man inte är en sådan förare som kör för fort. I så fall hade vi båda studsat upp i taket. Bilen framför oss stannade för att låta en fotgängare gå över vägen. Återigen vändes min blick mot min kollega för att se om det fanns något tecken på att han började bli sig själv igen. Tyvärr så kunde jag inte se någon förändring hos honom. Han stirrade bara rakt in genom butiksfönstren. Det var som att hans ansiktsuttryck hade hamnat i pausläge sedan vi åkte hemifrån. Det här började bli löjligt. Fast inte riktigt lika löjligt som det blev nu när jag insåg att vi inte hade någon plan om vart vi var på väg. Konstigt nog tog det mig hela vägen in till centrum innan jag kom på det. Det måste vara så att mina tankar om min kollegas hälsa har hållit mig upptagen. Det får bli att improvisera så att Henry inte uppfattar att jag inte har någon plan. Snabbt nu, vad ska bli vårt första stopp idag? Ett bra alternativ kom till mig direkt. Vi åker helt enkelt till brottsplatsen. En extra överblick och se om man missat något tidigare är aldrig fel. Det är kanske inte så mycket för vår skull utan mer för min. Men det är ändå det mest logiska att göra just nu. Eftersom vi hade kommit så långt in i centrum så blev det till att vända i rondellen som ligger precis innan man lämnar centrum eller på väg in om man kommer från andra hållet. Ursäkta mig. Det gick inte att låta bli att försöka skoja till det. Vad jag förväntade mig däremot, var att Henry skulle reagera och ifrågasätta varför vi åker tillbaka igen. Men inte en rörelse från honom. Han bara satt där och tittade in i butikerna. Hade vi åkt så att han såg samma sida av gatan igen så kanske han hade reagerat på att det var bekant. Men eftersom Henry varit i stan så många gånger så märker han nog knappt av att vi åker runt i en cirkel. Jag försökte förstå vad det var som han satt och tänkte på under så här lång tid. Vad kan röra sig i min kollegas lilla hjärna? Oj, det var kanske inte den bästa formuleringen. Låt mig prova igen. Undrar vad som rör sig i hans huvud? Det lät så mycket bättre. Den formuleringen är jag riktigt nöjd med. Förhoppningsvis toppar

Henry det genom att avslöja vad det faktiskt är som håller honom i så djupa tankegångar. Han var däremot inte ensam om att inte reagera på sin omgivning. För helt plötsligt rullade vi in i villakvarteret där det som fanns kvar av Evas och Kents hus stod. Precis utanför gången som ledde till det som fanns kvar av deras entrétrappa, stannade jag bilen med en mjuk inbromsning. Så pass mjuk att min kollega inte ens reagerade på den. Hade jag verkligen lyckats få bilen att sjunka så långsamt i hastighet? Bevisligen lyckades jag tydligen med det. Henry måste verkligen vara väldigt långt bort i tankarna. Det var dags att ta i med hårdhandskarna. Sakta lutade jag mig närmre min kollegas öra innan jag skrek till: »Henry!«. Det gav en riktigt överraskande effekt. Han ryckte till och vände blicken långsamt emot mig. Till slut fick jag ögonkontakt. »Perfekt«, var min tanke. Äntligen så har blockaden rasat. Bäst att skynda sig och utnyttja situationen på bästa sätt. Lika bra att säga det direkt.

- Du måste följa med mig ut och kolla över brottsplatsen igen. Utan din hjälp kommer det bli väldigt svårt att lösa det här fallet.

Det var nästan så jag ryckte till av förvåning när Henrys mungipa började forma något som kunde uppfattas som ett leende. Utan att jag reagerade på det så hade min egen mun fått för sig att göra detsamma. Så fort jag insåg det så gick jag tillbaka till ett neutralt ansiktsuttryck. Jag ville inte riskera att Henry såg mitt leende för länge. Han kanske hade tolkat det som att jag hade börjat känna skuldkänsla för tidigare. Hela min kropp rös till av den tanken. Skuldkänslor är inte något jag är bekväm med. Som tur var så hade vi båda annat att tänka på, så vi kunde fortsätta som vanligt. Min blick vändes därefter fort bort från Henry och över till brottsplatsen. Räddningstjänsten hade röjt upp runt huset men utöver det så var det precis som förut. Jag hann precis kliva ur bilen och stänga min dörr innan min kollega klev ur bilen. Nu verkade det som att hela morgonen hade varit hur bra som helst. Han log till och med. Så äntligen kunde vi fokusera på fallet igen utan distraktioner. Fast jag förväntade mig att kunna hålla fokus på jobbet så gick det inte så bra som jag hade hoppats. Mina tankar var fortfarande kvar på Henrys humör tidigare. Framför allt hur jag hanterade situationen. Kunde det ha blivit en helt annan reaktion ifall mina uttalanden var i bättre ordval? Med säkerhet. Så tack vare mina funderingar så fokuserade jag inte så mycket som det egentligen krävs i ett sådant här läge. Visst, min blick granskade platsen men till och med en förbipasserande, eller Henry för den delen, kommer lätt att se fler detaljer än mig. Helt plötsligt var det nästan som att våra roller var helt omvända. Förhoppningsvis har han mest fokus på det här. Jag hoppades att mitt kroppsspråk inte avslöjade hur ofokuserad jag faktiskt var. Här har man gått och klagat på sin kollegas beteende hela morgonen. Och sen börjar man göra samma sak själv. Nej, nu är det dags att rycka upp sig och sätta i gång att jobba ordentligt. Annars ser han ju att jag har lika lätt som honom att bli distraherad. Och det ska han aldrig få veta. Eftersom jag egentligen vet att det inte är sant. Man måste tro på sig själv för att komma någonstans i sitt liv. Så därför tror jag alltid på min egen förmåga i alla lägen, mer än någon annans. Som tur är så verkade inte min kollega uppfatta hur frånvarande jag verkligen var. Våra blickar möttes men han bara log mot mig. Av ren reflex log jag tillbaka. Vad är det som händer med mig? Har mitt inre redan bestämt sig för att vi har passerat kollegastadiet och blivit vänner nu? Nej, jag kan inte acceptera det. Tydligen måste jag lära mig att kontrollera mina inre känslor bättre. Mina egna regler är tydliga och den tydligaste av dom är att arbetskollegor är inga vänner. Stämningen emellan oss hade blivit helt annorlunda om vi passerade den gränsen. Man vill ju inte att någon ska råka illa ut oavsett relation. Men man kommer reagera helt annorlunda om man är mer än kollegor om något faktiskt skulle hända. Risken är tyvärr rätt stor i den här branschen. Jag tror mig klara nästan vad som helst men att se en vän såras, hade tagit för mycket på mitt hjärta. Det kanske låter fånigt att ha en sådan här inställning. Men det finns en anledning till det. Plötsligt fick min högra axel en knackning av min kollega. Det fick mig att reagera med ett mindre ryck.

– Sören. Förlåt om jag skrämde dig. Men har du upptäckt något av intresse?

– Nej, inte direkt. Inget verkar sticka ut. Vad jag kan tänka mig är att skogen som ligger ungefär trettio meter ifrån huset kan ha använts för att dölja kroppen för oss. På något sätt har dom lyckats få ut den dit utan att bli upptäckta.

– Dom? frågade Henry med en undrande blick.

– Ja, det känns som att det måste ha varit flera involverade i det här. Såvida en enskild person inte är ordentligt stark. I så fall så kanske det bara är en gärningsman men min gissning så här långt är att det var flera.

– Om du frågar mig så borde vi hålla båda alternativen öppna. Den eller dom som gjort det här måste ha gjort något fel och lämnat ett spår efter sig. Vi kommer att hitta det, förr eller senare. Det är jag säker på.

– Hoppas verkligen du har rätt. Det vore välkommet. Så vi kan släppa det här fallet till sist och gå vidare till något nytt.

Henrys svar var förvånansvärt kloka. Det är inte likt honom att ha så genomtänkta svar. Man började ju fundera på om han bara skådespelade lite smådum hela vägen fram tills nu. Kanske han döljer något för mig? Det tål att tänkas på vid ett bättre tillfälle. Kanske senare ikväll om det inte blir allt för sent man kommer hem förstås. Fritid är inget man kan räkna med som detektiv som sagt. Åtminstone inte när man jobbar med sådana här stora fall. Fast det är klart. Om man frågar Henry så tycker han nog att assistenten inte heller har någon direkt fritid. Så det är väl en liten tröst. Har man turen att få någon fritid så går den alltid åt till att fundera över dom nya spåren som framkommit under dagen. Tillsammans med dom som man hade sedan tidigare. Allt sammanslaget så får man hoppas att det ger en tydlig bild av vad som hänt och ger oss svar på hur brottet gick till och varför det begicks. Det finns tillfällen under den här utredningen som fått mig att tänka att Kent kanske inte längre var i livet. Det är en hemsk tanke så man vill ju helst undvika den så mycket som möjligt. Men den här gången skyller jag på min kollegas resonemang som fick mig att tänka i dom banorna. Inte nog med att det var genomtänkta svar. Han var dessutom självsäker. Något som gör det hela lite misstänkt. Något är det som inte stämmer med honom. Fast det är på ett annat sätt än det som jag misstänkte i början av vårt samarbete. Precis då började han hoppa upp och ner framför mig.

– Vad gör du, Henry? frågade jag med fundersam ton.

– Jo, jag tänkte att om jag hoppar lite, så går pulsen upp och förhoppningsvis fokuset. Man liksom vaknar till utav hoppandet.

– Nog för att man ska leva på hoppet men det är inte bokstavligt man menar.

– Det vet jag väl. Det var inte alls så som jag tänkte och det vet du. Det sa du bara för att reta mig.

– Du har rätt. Men jag är fortfarande tveksam till att det hjälper dig att hålla fokus efteråt. Min gissning är att du bara kommer att bli trött.

– Vi får väl se vem som kommer hitta något av värde först utav oss.

§ 9 §

Nu verkade min kollega äntligen vara som vanligt igen. Kommer med sina konstiga uttalanden eller gör något ovanligt. Om man frågar om ett tydligare svar så försöker han att ge ett så logiskt svar som han kan. Om han fortfarande skådespelar en udda person så är han riktigt bra på det. Och borde fundera på en teaterkarriär i stället. Min magkänsla säger mig att det skulle passa honom bra. Efter att ha synat området riktigt noga så kändes det som att om det finns några ledtrådar här så kommer vi inte att upptäcka dom idag. Vi har troligen stirrat oss blinda för tillfället. Så lika bra att vi drar vidare.

– Okej, Henry. Vi får vara nöjda nu.

– Jaha, och vad blir nästa steg då?

– Det var en väldigt bra fråga. Vi kan ju inte fråga Eva något nu när hon också är borta. Det bästa vore om vi kunde frågat Kent. Men det är ju definitivt omöjligt.

– Sant. Men Kent har vi inte kunnat fråga något överhuvudtaget. Hade vi kunnat göra det så hade det här inte kunnat klassas som ett försvinnande.

– Ja, men det säger väl sig själv. Tack för att du poängterar det uppenbara.

– Det är en sak till som aldrig hade hänt.

– Vad för något? var kanske inte det bästa att fråga i det här läget men det slank ur mig.

– Om du inte hade fått det här fallet så hade vi aldrig träffats heller. Jag skulle verkligen sakna dig.

– Hur kan du veta det? Om vi aldrig hade träffats så skulle du inte ens veta om att jag fanns.

– Nej, det är klart att jag inte hade gjort det. Men vad jag menade var att jag skulle sakna någon med din personlighet i mitt liv.

- Det är möjligt. Men för att komma vidare. Vart tycker du att vi ska åka härnäst?
- Vad sägs om att ta lunch? Om klockan nu är så pass mycket.
- Det är den. Två minuter i tolv. Vart tar tiden vägen?
- Ja, för det mesta så går den sakta framåt. Men när man håller sig upptagen så springer den förbi. Om vi skyndar oss så kanske vi kan köra i kapp den med bilen, skrattade Henry.

Ett skämt som förvånande nog var lite småroligt. Inte för att jag skrattade högt. Men inombords småskrattade jag ändå lite.

- Okej, då tar vi lunch. Så vad är du sugen på?
- Låter du mig välja? Du har ju alltid bestämt vad det blir för lunch.
- Jo, jag vet. Men det känns som att man hamnar i ett spår och bara tar samma sorts mat hela tiden.
- Man är ju en vanemänniska. Så det är inte konstigt man väljer det som man är bekväm med och tycker fungerar bra.
- Klokt sagt. Dessutom så kanske vi båda kan tänka på ett annorlunda sätt om vi sitter i en annan miljö än den vi är vanna vid.

Det kändes nödvändigt från min sida att säga så. Jag vill ju inte få min kollega att tro att vi ska sitta och prata om vår begränsade fritid som vänner gör. Även om risken fanns för att han skulle gå tillbaka till sitt sura humör som han hade tidigare så kändes det bäst att vara ärlig. Visst hans leende gick ner men inte så mycket som man skulle kunnat tro. Det var ju tur för mig. Frågan är om jag skulle orka med hans negativa inställning en gång till så här tätt inpå varandra.

- Så vad väljer du, Henry?
- Vad sägs om thailändskt? Det skulle sitta fint, tycker jag.

– Instämmer helt. Mycket bra förslag. Så blir det. För en
  kort stund så trodde jag att du skulle föreslå pizza eller
  hamburgare.
– Nej, det känns mer som fredagsmat för mig.
– Smidigt sätt att inleda helgerna med det.
– Ja, för vem vill egentligen ställa sig och laga mat en fre-
  dagskväll? Mycket smidigare och det gör att man kan
  njuta av kvällen till fullo. Fram med bestick och sen är
  det klart.
– Ingen dum idé, faktiskt. Tror det kan bli lite sådant för
  mig med i fortsättningen. Ta med något färdiglagat i
  slutet av veckan. Lite som en belöning för allt jobb man
  gjort under veckans gång.
– Precis. Man förtjänar lite vardagslyx, sa Henry och
  blinkade med sitt högra öga.
– Nåja. Vart ska vi gå? Du som ville ha thaimat.
– Följ mig. Det ligger på gångavstånd. Låt bilen stå här så
  slipper du parkeringsavgiften.

Så vi började gå och han ledde mig förbi en kiosk, ett apo-
tek och en bank. Precis bredvid banken låg en klädaffär.
Mittemot den på andra sidan vägen låg restaurangen. Ut-
anför dörren stod en skylt med texten dagens lunch och
pris. Det bästa är att det oftast är buffé man betalar för på
sådana här restauranger. Så även denna gång. Att man
kan få buffé till ett pris som en enskild rätt kostar är fan-
tastiskt. Kunna blanda som man själv vill och dessutom
äta så mycket man vill. Är en bra kombination. Sen är
det ju mitt eget fel att jag i stort sett alltid tar för mycket
mat och blir så mätt och seg efter det. Visserligen är man
med all säkerhet inte ensam om att ta för mycket. Men i
bakhuvudet tänker man ju att så mycket som möjligt ska
förtäras. Så det känns som att man ätit för mer än vad
man betalat för. Man borde ha lärt sig vid det här laget
att ta lagom mycket. Men nej, människan är en girig art
och har svårt för att nöja sig med vissa saker. När man

kommer in i restaurangen möts man av dekorationsfigurer i guld, några stående och andra sittande i skräddarställning dekorerade med vad som skulle föreställa ädelstenar. Inne i själva lokalen var det möblerat med mycket rött och guldfärgade väggar med inslag av mörkt trä samt mattor i olika färger. Vi gick fram till kassan. Betalade för varsin buffé, tog för oss och gick för att sätta oss. Henry valde ett bord som var i ett hörn med utsikt över i stort sett hela lokalen. Antagligen valde han det bordet för att på ena sidan av det så satt man i en svart skinnklädd soffa. Dynan såg riktigt luftig och bekväm ut, vilket bekräftades när jag satte mig i den. Den var till och med bekvämare än vad den såg ut att vara. Så bra val av sittplats av min kollega. Vi satt tysta och bara njöt av maten. Under flera minuter fanns en tanke om att jag kanske skulle bryta tystnaden ändå. Men eftersom jag inte kunde komma på något att prata om lät jag bli. Efter att vi ätit i ungefär femton minuter så tyckte Henry att det var dags att bryta tystnaden till slut.

– Så vad tyckte du om maten här?

– Inte går man härifrån besviken i alla fall. Mycket god mat.

– Glad du gillade det. Då kanske det kan bli några återbesök i framtiden?

– Det kommer definitivt att bli fler besök hit.

– Från den saken till något helt annat. Ursäkta mig, Sören. Men jag måste verkligen fråga. Vad tycker du om att ha mig som assisten egentligen?

– Är du säker på att du vill veta det? Om du vill ha ett svar från mig så kommer du att få det.

– Jag är helt säker. För det verkar som att du inte gillar mig i alla lägen. Och om du inte gillar mig mestadels av tiden så kanske det är bäst att jag söker mig någon annan stans. Börja jobba där någon kommer uppskatta mig mer än vad dom irriterar sig på mig.

- Okej, Henry, om du måste veta så ligger det till så att jag tycker att du är helt okej.
- Nej. Du måste vara mer utförlig i ditt svar och helt ärlig. Det duger inte med otydliga svar den här gången. Detta är viktigt för mig.
- Okej, du ska få höra sanningen. Och den lyder som så att du är en mycket ...Jag fick stanna av lite och hämta luft. Det tog emot att få ur mig dessa ord.
- Sören! Låt höra nu. Irritationen gick inte att ta miste på i Henrys röst.
- Ja, förlåt. Sanningen är att du är en mycket bra kollega. Helt ärligt har jag svårt att tänka mig någon annan som skulle kunna ta din plats.
- Inte ens när jag kommer med mina onödiga och helt slumpartade kommentarer? Ibland kan jag inte hindra mig. Även om det inte har med det som händer för stunden att göra så kommer det ändå ut.
- Nej, inte ens då. För hur konstigt det än låter så hjälper det mig att tänka till lite extra ibland.
- Tack, Sören. Det var en väldigt fin komplimang. Och den avgör saken. Jag stannar.
- Kul att höra. Men tro inte att det alltid är lika uppskattat när du avbryter mig. Någon gång då och då går bra. Men snälla, inte för ofta. Då kommer du att få se mig ordentligt arg till slut.

Det såg ut som att min kollega tog illa vid sig just då. Det ansiktsuttrycket känner jag igen från andra tillfällen. Tillfällen när Henry tolkar det som att jag tilltalar en idiot.

- Det förstod jag utan att du behövde förtydliga det, sa min kollega med en aggressiv ton.
- Förlåt mig. Det var onödigt. Du har helt rätt i det.

Det enda jag kunde hoppas på i det här läget var att han inte skulle bli lika arg som tidigare. En omgång till med en arg kollega orkar mitt tålamod inte med. Som tur var så höll han sig lugn. Det verkade som att Henry slog om från irriterad till lugn på bara en sekund. Även om vi har jobbat ett tag tillsammans vid det här laget så var det här första gången han gjort så. Här är jag besviken på mig själv. Sådana tecken borde jag uppfatta med tanke på mitt jobb. Detaljer som det här får man inte missa i den här branschen. Henry är dock ett undantag till den regeln. Så pass ny som han är så är det okej för honom att missa små saker. Men för mig ska det inte finnas några ursäkter. I och för sig har han ju varit med ett tag och borde också kunna reagera på sådant. Tyvärr får jag väl ta på mig en del av ansvaret i det här fallet. Även om den andra delen av ansvaret hamnar på min kollega. Om han nu är intresserad av det här yrket så måste man tåla kritik och frågor som verkar konstiga eller irriterande. Visst har han ställt frågor men dom har inte alltid varit relevanta. Men en sak är säker. Min inställning mot min kollega har då inte varigt något annat än välkomnande när det gäller frågor. Förutom när vi träffades. Och nu den senaste tiden. Men utöver det så har jag hållit mig konsekvent. Nu har mina tankar börjat bli lite för djupa. Dags att avsluta den här lunchen och återgå till arbetet. Precis när jag skulle resa mig så återkom frågan som vi ställde innan lunch. Vad är vårt nästa steg? Ett alternativ som jag övervägde var att åka ner till polisstationen och fråga Leif om dom har lyckats få fram något nytt. Fast det kändes inte riktigt rätt i det här läget. Istället fick det bli en helt annan sak som precis kom in i mina tankar.

– Henry, jag vet vad nästa steg för oss är.
– Vilken tur. Det är säkert en mycket bättre plan än den jag har. Min tanke var att vi skulle åka ner till stationen och kolla läget med Leif.

En olustig känsla fyllde mig. Hur kan min kollega ha exakt samma alternativ som jag övervägde för en liten stund sedan?

– Haha, ja, det var ju tur, svarade jag med det ett väldigt falskt skratt. Ingen skulle uppfatta det som äkta.

Nu kunde vi äntligen resa på oss och börja gå mot parkeringen. På vägen ditt så kollade vi runt i omgivningen. På torget stod det bara två vagnar. En vit vagn som var dekorerad med en bild på en bukett rosor. Antagligen blomförsäljare. Den andra vagnen var röd med bilden av korv med bröd. Försäljaren stod i vagnen iklädd sina röda kläder med vita ränder. Även om vi precis kom från lunchen så luktade det så gott, att man önskade hungern tillbaka. När det luktar så här så är det säkerligen minst lika gott att äta dom också. Synd att man är proppmätt. Annars hade en korv kunnat slinka ner bara för att det är gott. Men i dag är det nog bäst att stå över. Känslan man får när man ätit för mycket är inte bra för koncentrationen. Samt att den är väldigt svår att ignorera. Men nu när man inte passerat den gränsen kunde jag njuta av den soliga dagen. En sådan dag som man bara vill sitta ute och njuta i den lagom höga temperaturen. Fågelkvitter hörs tydligt och det är något som alltid gett mig en avslappnad känsla.

– Vilken underbar dag vi har att njuta av, Sören. Henrys röst lät riktigt glad och den glädjen han utstrålade, smittade av sig till och med på mig.

– Ja, verkligen. Med sådant här väder känner man inget behov av att resa utomlands, blev mitt svar med ett stort leende.

För att kunna njuta lite extra av dagen så slöt jag ögonen för ett ögonblick. För några sekunder hade kanske varit mer passande men ibland så kan man inte låta bli att skriva det man tänker och skoja till det på samma gång.

– Nej, idag finns verkligen inget att klaga på när det gäller vädret. Fast vintertid hade det varit skönt att bo i ett varmare land.

– Ja, ett par veckor eller så hade inte varit fel. Kunna värma upp kroppen och dessutom slippa mörkret ett tag.

– Ett par veckor? frågade min kollega med förvåning i sin blick.

– Det räcker skulle jag tro. Eftersom temperaturerna där är högre och jämnare. Så vänjer man sig vid dom. Vilket leder till att man fryser lättare sen när man kommer tillbaka hem. Sen om det är sommar eller vinter när man reser i väg spelar nog mindre roll.

– Kanske skulle kunna vara så. Men enligt mig så är det bästa om man kan hålla sig borta från kylan så länge som möjligt.

– Okej, Henry. Jag tänker inte gå för djupt ner i den här diskussionen. Så jag avslutar med detta. Tänk dig att du bor i ett varmare land över vintern. Där kommer temperaturen vara hög och den sjunker inte så mycket på nätterna heller. Jämfört med här hemma. Så efter att du har bott där en månad eller mer. Då finns det ju ingen poäng att prata väder med andra. Eftersom det är så pass liten skillnad att det inte är värt att diskutera. Plus att när du kommer tillbaka hit på sommaren så kommer du troligen känna att vädret fortfarande är dåligt i jämförelse.

– Det låter som du tänkt på det här ett tag. För det har jag inte tänkt på. Det finns ju faktiskt en risk för det, svarar Henry. Fortfarande med ett leende, även om det var något mindre nu än tidigare. Men det gick absolut inte att missa det ändå.

– Nu skäms jag lite. Det tar emot att fråga. Men den måste ställas tyvärr.

– Du behöver inte vara orolig, Sören. Om det är någon som ställer konstiga och pinsamma frågor så är det jag. Så fråga på bara. Det finns inget att skämmas för.

– Lätt för dig att säga. Men okej. Det står helt stilla i huvudet. Jag borde veta detta och ha hundraprocentig koll på det men ... Minns du var vi parkerade bilen? Mina kinder kändes som att dom var på väg att brinna upp. Hoppas att dom inte blev synligt röda.

– Haha. Den stora detektiven har lyckats tappa bort sin egen bil.

- Jag var så upptagen med teorier om vad som hänt Kent. Dessutom så följde jag efter dig så det fanns ingen anledning för mig att se hur vi gick. Så om du tycker det här är så roligt så hitta den själv.

Min kollega skrattade fortfarande och hade svårt att ge mig ett svar. Efter någon minut så hade han till slut lyckats lugna ner sig och nickade som svar. Helt plötsligt vände han sig om. Sedan gick han baklänges och kollade sig över axeln med jämna mellanrum.

- Vad håller du på med? Du ser extra dum ut just nu. Jag stoppade in ett extra där i och hoppades att min kollega inte skulle uppfatta det. Vilket han heller inte gjorde.

- Eftersom vi gick åt andra hållet när vi lämnade bilen så har våra hjärnor undermedvetet registrerat omgivningen. Men för att underlätta för den så går jag baklänges. På så sätt registrerar hjärnan dom bekanta delarna och klipper ihop det till ett helt minne.

- Och du tror på fullaste allvar att det kommer fungera? sa jag skeptiskt.

- Absolut. Det här är inte första gången. Däremot brukar det oftast vara mina nycklar som jag glömt var dom ligger. Av någon anledning så hamnar dom på olika platser lite då och då. Antagligen för att man tänker att dom kan ligga där så länge. Sen glömmer man bort var det där så länge var. Då provade jag att gå baklänges hemma för att kunna påminna mig om var jag varit. Om det är saker man tappat bort en längre tid så hjälper den här metoden nog inte. Men för kortare perioder så funkar det nästan alltid.

- Jaså, det säger du. Vore det inte enklare att spana efter en ljusblå bil i första hand?

- Nej, det är inte så lätt. Risken för att det finns fler bilar i just den färgen du har finns alltid. Så om du använder min teknik först och sen går över till din. Som vi ska göra precis nu.

Henry vände sig om och hann knappt andas innan han var i gång igen.

– Och där är din bil. En rad längre ner.

– Nämen, det var som. Ja, men du såg den först bara för att du distraherade mig med dina upptåg. Men bara för att kontrollera. Hur fick du den här metoden att fungera?

– Elementärt, min käre detektiv. Du förstår att jag helt enkelt ...

– Tack det räcker. Att vi står vid bilen är det viktigaste. Vi har inte tid att stå här och diskutera en lång beskrivning på något du hittat på.

– Okej, chefen, om du säger det så. Men vi kanske har tid med den korta versionen då?

– Om du verkligen måste skryta så visst.

Nog för att det säkert hade varit fascinerande att höra grundligt hur det fungerade. Men min misstanke var att det skulle bli onödigt komplicerat. Speciellt med tanke på vems idé det var.

– Det är mycket enkelt faktiskt. Det är min sak att veta och din att försöka klura ut, skrattade Henry samtidigt som han blinkade med sitt högra öga mot mig.

– Okej, om det är så du vill ha det. Så kan herr geni sätta sig i bilen och klura ut det här fallet. Så ska vi se om du tycker det är lika enkelt.

– Du kan få ett svar direkt. Det är för komplicerat för mig i det här läget. För många lösa trådar.

– Bind ihop dom då. Så vi äntligen kan få ett svar. Min ton skulle kunna tolkas som skämtsam.

– Visst, håller du så knyter jag, skrattade Henry.

Nu kändes det som att vi höll på att glida ifrån det viktiga ämnet. Dessutom vet jag inte om skämtsamhet egentligen ligger i min natur. Enligt mig själv är jag rätt allvarlig hela tiden. Allvar kan vara något vi behöver just nu. Så vi fokuserar på fallet och inget annat.

– Så vad blir vårt nästa steg, min kollega?

- Frågar du mig? Det är du som är chef. Plus att du har mer erfarenhet inom detektivyrket.
- Det är visserligen sant. Men jag hade hoppats att du skulle ha kommit på något. Även du måste ju få känna dig delaktig i det hela.
- Jag vet inte om det var tänkt som omtanke eller inte men tack. Tyvärr så är jag förslagslös.
- Då får vi ta min plan. Vi tar oss tillbaka till mitt kontor. Väl där sätter vi upp nålar som representerar våra ledtrådar på en karta. På så sätt får vi en bra överblick. Förhoppningsvis så kan vi se små detaljer som vi inte annars hade tänkt på. Man missar lätt något om man bara går igenom alla fakta i huvudet. Eller hur?
- Låter som en bra och enkel plan. Varför krångla till det i onödan?
- Precis det här fallet är krångligt nog.
- Ibland känns det som att vi kan läsa varandras tankar. Visserligen läser du mina oftare än vad jag läser dina, sa min kollega med ett litet leende.
- Det har inget med det att göra. Vi råkar bara tänka likadant ibland.

Vänta nu. Vad är det jag säger? Skulle vi tänka lika flera gånger? Risken finns också att Henry skulle kunna uppfatta det som en positiv sak för att kunna nå den där vänskapen som han söker. Så är ju inte fallet så bäst att vara tyst nu tills vi kommer tillbaka till kontoret.

§ 10 §

Kartan vi satte upp täckte det mesta av ena väggen. Vi fick ihop den genom att skriva ut delar av kartan på A4-papper och sedan satte vi ihop dom med tejp på baksidan. Detta för att slippa reflektioner från taklampan. Det var ett komplicerat projekt. Något liknande hade ingen av oss gjort tidigare. När vi började var klockan strax efter två och solen lös starkt genom fönstret. När projektet var färdigt däremot så lös solen mycket svagare. Inte så konstigt med tanke på att klockan hunnit passera sju när den sista biten av den tre meter långa och ungefär en och en halv meter höga kartan sattes fast. Det kanske låter som att vi överdrev storleken rejält. Men för att kunna få det väl detaljerat och lätt att överskåda så fick det bli den storleken. Åtminstone var det min förklaring till min kollega. Sanningen är att jag inte vet hur man ställer in storleken på utskrifterna tillräckligt bra för att kunna få dom i precis rätt storlek. Efter lite feltänk så var det så här resultatet blev. För att slippa erkänna att den första biten blev så stor av misstag så var det bara att fortsätta som att det var planerat.

– Så där ja, Henry. Då var vi äntligen klara.

– Det var inget enkelt projekt men förhoppningsvis värt besväret med marginal.

– Självklart kommer detta hjälpa oss mycket i vårt arbete. Och inte bara i det här fallet utan i framtiden också. Men det hade gått fortare om du inte hade blandad ihop bitarna. Tack vare dig så fick vi ett enormt pussel.

– Ber om ursäkt för det. Verkligen inte min mening att krångla till det för dig.

– Det är okej. Alla gör vi misstag. Det blev ju klart ändå till slut.

– Visserligen, men det tog onödigt lång tid.

- Släpp det nu. Mörkret har börjat göra sitt inbrott.
- Nej, men vad säger du? Inbrott? Bäst vi ringer polisen, skrattade Henry.
- Jättekul. Vitsar är roligt ibland. Men det finns både bra och dåliga tillfällen att dra dom.
- Så sant som det är sagt. Men du, Sören. Vet du en sak?
- Jag vet många saker, kära kollega. Men du måste vara lite mer specifik.
- Självklart, så dumt av mig. Vet du vad jag kommer att kunna en hel del utav när det här är över? frågade min kollega med flera små skratt.

Hans skratt sade mig att vad han än kommer säga, så skulle det inte vara helt logiskt.

- Förhoppningsvis kommer du kunna se små detaljer och genom dom räkna ut en slutsats.
- Den tanken slog mig också tidigare. Men just nu var det inte den jag tänkte på.
- Gjorde det ont när den tanken slog dig? Haha, det är inte bara du som kan vitsa till det.
- Jättekul, chefen. Allvarligt talat så kommer jag kunna en massa ordspråk.
- Sant. Förhoppningsvis har du även lärt dig när du ska använda dom också.

Ett leende från mig besvarades utav min kollega. Precis när nästa mening skulle lämna min mun så kom precis samma sak ur Henrys i stället. Något som gav mig en kuslig känsla.

- Nej, nu räcker det med småprat. Dags att ta tag i det här fallet ordentligt. Vi har förlorat nog med tid redan.
- Just precis ...
- Var det exakt så som du tänkte? Sa min kollega med en blinkning med sitt högra öga.

Ännu en gång var detta ett tillfälle där jag inte ville erkänna att det var precis så som han sa. Så det fick bli att dra en liten lögn.

– Absolut inte. Överraskningen var att du skulle vara den
  som ville ta tag i det här, som chockerade mig.
Att Henry skulle gå på den här lögnen var inte särskilt
troligt. Men för sent att ta tillbaka den nu. Inte ens jag
själv tyckte det lät trovärdigt. Ännu en överraskning låg
och väntade från min kollegas sida.
– Det kommer flera tillfällen då det kommer ske. Så för-
  sök att inte bli så förvånad nästa gång. Har du kartnå-
  lar?
Utan att svara räckte jag över nålarna till honom och
väntade in hans nästa steg. Det var något med hur han
betedde sig som fick mig att tro att han visste precis hur
han skulle gå till väga. Lite spännande att se honom ta
så mycket ansvar. Bara det inte blev en vana och att han
skulle börja köra över mig. Tanken om att säga emot ho-
nom och ta över det hela fanns där. Men jag lät honom hål-
las denna gång. Även om det tog emot att göra så. Någon
gång måste man ju ge sin kollega chansen att visa vad han
kan. Vilket borde gå hyfsat fort.
– Så allt började här. Den gröna nålen visar var Evas och
  Kents hus låg. Röd nål är där vi hittade liket. Och till
  sist den gula är där vi blev beskjutna.
– Ursäkta mig, men allt det där hände på samma ställe.
  Så vad du visar mig just nu är tre kartnålar som sitter
  tätt ihop på en stor karta. Lika bra du tar ner två av dom.
  Låt den röda sitta kvar.
– Okej, visst. Men varför skulle vi sätta upp en så onödigt
  stor karta för det här?
– Därför att du glömt markera dom platser vi varit och
  frågat folk om dom sett något. Min förhoppning är att
  vi ska kunna se hur stor yta vi gått igenom.
Självklart var inte det min enda anledning. Men om jag sa
den högt skulle Henry tro att jag blivit mer galen än honom.
I det stora hela så ger kartan oss en bra överblick så det är ju
den stora anledningen. En mindre anledning var att min

idé kom från filmer. Det ser rätt häftigt ut. Samtidigt som det verkar som att man har stenkoll på saker och ting. Så därför valde jag att sätta upp en. Vad jag inte berättade var att det område vi är på inte är stort nog för att tjäna något på en karta av denna storlek. Inte så här långt i fallet åtminstone. Men man vet aldrig. Den kan vara den avgörande biten i pusslet till slut. Och visst gav den mig en cool känsla. Fast det behöver inte Henry veta något om. Troligtvis kommer han bara driva med mig. Eftersom jag tidigare sagt att vi inte lever i en tv-deckare när vi spanade efter någon misstänkt utanför Kents och Evas hus. Så nu hade jag satt mig i en klurig situation. Hur ska jag lyckas ta mig ur det här utan att framstå som en klant? Att framstå som en är inte bra för min personlighetsbild som jag jobbat så hårt för att bygga upp. Men ibland får man vika ner sig. En klantstämpel som man får i ett sådant här läge är ändå relativt enkelt att sudda bort. Något som jag tänkte börja med på en gång.

– Sedan finns det ju en sak som gör den här kartan väldigt viktig. På den kan vi markera ut vad bilen med dom som besköt oss skulle kunnat ta för vägar bort från brottsplatsen.

– Ja, så klart. Det är ju lysande, Sickan, skrattade Henry.

– Vad kallade du mig, sa du?

– Sören, sa jag. Du kan väl inte höra fel på ditt eget namn. Men en liten fråga. Vad hjälper det att vi ser hur dom körde från ett fågelperspektiv?

– Därför att vi kan gå längs med vägen och kolla om dom råkade tappa något när dom flydde. Något kan ha blåst ut genom ett fönster. Dom måste ju ha dragit ner rutorna för att kunna skjuta på oss.

– Ännu en gång lysande. Ska vi börja med det nu direkt?

– Nej min vä...kollega. Det är för sent för det. Vi tar det direkt imorgon bitti.

Så nära att vår relation gick upp en nivå alldeles för tidigt. Jag måste vara mer försiktig i framtiden.

- Det låter som en bra plan. Det är en sak som jag funderar
  på som du förhoppningsvis kan svara på.
- Vad kan det vara för något då? frågade jag utan att ta
  bort blicken från kartan.
- Kan det vara läge att sluta för idag? Det har varit en väl-
  digt lång dag.
- Ja, det är dags att gå hem. Vi förtjänar att få gå hem och
  vila. Är man inte utvilad så blir det mycket svårt att
  behålla sitt fokus.
- Instämmer helt. Så god kväll, chefen. Vi ses imorgon
  vid sju igen.
- En liten sak till bara innan du går.

Sakta vände sig Henry mot mig och hans ansiktsuttryck
visade en oro över vad jag skulle säga. Han verkar tro att
vi ska göra något mer innan vi slutar. Men så är inte fallet.

- Det kanske är dumt att göra så här men vi kör på halv
  åtta imorgon. Vi kan behöva lite extra tid att samla
  kraft.

Med några instämmande nickningar från Henry tillsam-
mans med ett leende började han gå ut från kontoret och
stänga dörren. Precis innan den slog igen så ropade jag.

- Och god natt komp....anjon. Nu var det så där nära att
  det kom ett sådant där olämpligt ord igen. Det märks
  tydligt att tröttheten har sin effekt på mig. En så stor
  bonus behöver han inte få nu när jag varit så snäll och
  givit honom sovmorgon. Men nu kan man äntligen
  slappna av i några timmar. På vägen hem ska jag fun-
  dera på hur den här kvällen ska spenderas på bästa möj-
  liga sätt. En tanke som dök upp förvånansvärt snabbt
  var att det behövs dammsugas där hemma. Den blev
  dock lika snabbt utesluten. En sådan sak behöver man
  inte göra så här sent. Om min hjärna skulle få för sig
  att jag sovit tillräckligt för tidigt imorgon så tar jag det
  då. Efter närmare eftertanke så ligger det en del tvätt
  som behöver tvättas också. Lika bra att få det gjort. Så

medan tvättmaskinen går kan jag dammsuga. Sedan kan man ju passa på att njuta av lite tv. Fast först skulle man ju kunna göra sig en ost- och skinksmörgås med chokladmjölk som tillbehör som pricken över i. Perfekt, då var min kväll färdigplanerad. Det är verkligen något att se fram emot. Undrar hur Henry spenderar sin lediga tid?

§ 11 §

Hemma hos Henry.

Henry öppnade sin ytterdörr för att mötas av den fina hemmakänslan som inredningen gav honom. I hallen satt flera sorters tavlor med naturtema. Till exempel en föreställde en skog med en liten bäck som rann igenom den. Att han är en naturmänniska kanske inte är det som man uppfattar först med honom. Men det var något som alltid legat honom varmt om hjärtat. Tapeten var i en nyans av grön. Inte så skarp så att det gjorde ont i ögonen. Utan en väldigt trivsam grön. Det är också något som Henry varit bra på i princip hela sitt liv. Att kunna se vilka färger som passar ihop och var i rummet dom är mest lämpade. Ett designeröga som han själv kallar det. Hans största dröm när han var yngre var att få bli designer. Men tyvärr var konkurrensen lite för hård och någon riktig chans till att få visa vad han kan kom aldrig. Med tiden försvann sakta den drömmen. Och så en dag när han gick på sin kvällspromenad så fick han syn på en annons som satt på en anslagstavla vid en lägenhetsbyggnad. Där stod det att en detektiv med namn Sören, sökte en assistent. Efter en kort fundering så bestämde Henry sig för att söka tjänsten. Efter så många avslag så spelar ett till ingen roll. Erfarenheten saknades så klart. Men viljan att vilja lära sig fanns och den var stark inom honom. Men till hans stora förvåning så fick han tjänsten. Den dagen blev den bästa dagen i hans karriärs liv. Men någon mjukstart blev det ju inte. Rätt in i hetluften direkt när försvinnandet förvandlades till ett mord. Konstig nog så avskräckte detta honom inte. Snarare blev han fascinerad och spänningen det gav var en ordentlig bonus. Efter den dagen somnade han alltid lätt och sov djupt. Huset har varit i hans ägo i ungefär fem år nu. Visserligen bodde Henry ensam men drömmen om att hitta någon att dela både huset och livet med fanns där. Det var aldrig tanken att han skulle leva ensam resten av livet. Den tanken har däremot börjat slå honom flera gånger den senaste tiden. Men ibland på kvällarna och framför allt vintertid kändes det som att det saknades någon där. Någon att kunna mysa i soffan med och bara njuta av varandras sällskap. Drömmen fanns kvar. Även om hoppet om det däremot inte var så stort som det en gång varit. Känslan av frihet som huset gav honom var en av anledningarna till att husköpet blev av överhuvudtaget. En sak som stod högt på önskelistan av dom saker som ska göras med huset var att bygga en ytterplats med ett pooldäck. En inglasad del där man kan sitta och äta eller bara njuta av livet ska också byggas. Den inglasade delen är en ny idé som han fick den dagen dom var hos Eva och frågade ut henne. Medan han satt och kollade in i akvariet kom tanken. För helt olikt ett akvarium för människor är det ju inte. Andra kan titta in där också. Som tur är tomten väl insynsskyddad. När vintern är tillbaka så är planen att tapetsera om i vardagsrummet samt sovrummet om energin räcker. Färgvalet har han länge funderat på. Men ändå inte kommit fram till någon som skulle passa helt perfekt konstigt nog. Det var första gången som en så enkel sak blev svår. Så därför har tanken om en fototapet blivit aktuell för vardagsrummet. Ett havstema där bilden är tagen under vattnet så man får se fiskar och korallrev. Tanken var att göra så mycket som möjligt innan en tjej kommer in i bilden. Som så många gånger förr så gick tankarna för långt. Tänk om tjejen han träffar efter ett tag flyttar in med honom och sedan vill ändra tapeterna? Nej, det där får bli ett senare problem om det skulle bli verklighet. I tidigare relationer har hans smak inte stämt helt överens med sin partners. Så det är inget som han inte varit med om tidigare. Klockan hade hunnit bli nästan nio. Att tiden hade gått så fort. Lika bra att gå och göra sig något att äta innan det är lönt att sätta sig framför tv:n en stund. Hungern var tydlig men också tröttheten. Så valet föll på tre smörgåsar med leverpastej på. Däremot tog han sig tiden att koka vatten så han kunde ta sitt favoritte med citronsmak till sitt tilltugg. Han satte sig i soffan och började njuta av sina smörgåsar. När dom var uppätna och hans te var slut sjönk Henry sakta ner i ett liggande läge i soffan. Energin tog slut och efter bara tio minuter somnade han.

- Morgonen därpå -

Solen stack i Henrys ögon när han vaknade till i soffan när hans bordsklocka ringde. I sitt trötta tillstånd hade han ändå varit vaken nog för att ställa in larmet på den innan sömnen tog överhand. Utmattningen gjorde att sömnen var djup och höll i sig hela natten utan avbrott. Tur att den ljusbruna lädersoffan är så bekväm att efter en hel natt i den kan man vakna upp utan att ha ont. Precis när han började gnugga sina ögon så ringde det på dörren. Eftersom natten tillbringades där den gjorde så var det inte så långt att gå för att öppna dörren. Klä på sig var ju inget han behövde göra eftersom något klädbyte inte hanns med igår kväll. Men frågan är vem som kommer vid halv åtta på morgonen. Sören måste det ju vara så klart. Vilket också bekräftades så fort dörren var öppen tillräckligt mycket för att Sören skulle kunna sticka in sitt huvud och med en glad ton önska honom en god morgon. Två saker som stack ut som förvånade Henry, var sin chefs positiva ton samt att vad som verkade vara ett leende syntes. Men nyvaken som han var så tolkade han nog det fel. Inte ler man

så tidigt på morgonen utan anledning. Hälsningen besvarades med en nickning och en handgest för att visa Sören välkommen in. Snabbt blev Henry nervös över det faktum att det här var första gången hans chef var inne hos honom utan att ha så bråttom. Så den här gången kunde han få en djupare diskussion om huset. Vad för intryck ger hans inredning sin chef? Innerst inne är förhoppningen att den åtminstone ger ett okej intryck. Att ha en inredning som sticker ut lite lagom mycket eller som är lite udda är helt okej. Men att framstå som snobb eller som att han försöker skryta är inte önskvärt. Coolt är något som däremot inte hade varit några problem alls att få höra. Spänt väntar han på en kommentar från sin chef. Man ser tydligt på Sören att tankarna är många eller så är det svårt att formulera sig på ett omtänksamt sätt. Tills sist säger han »Du har en ovanlig inredningsstil«. Att tacka är det enda Henry kan komma på som respons. Med tanken om han ska ta det som en komplimang eller inte. Eftersom dom är kollegor så tror han ändå att det är menat i all välmening så det är så han tar det. Varför tolkar man oftast ovanlig till något negativt? För Henry är ovanlig bra. En känsla av att han har lyckats göra något utöver det vanliga men som är bra. För honom har det varit målet hela tiden. Ovanlig och unik inredning, det är hans specialitet. Även om hans vänskapskrets har försökt flera gånger att avråda honom från många idéer. Henrys målmedvetenhet syntes tydligt. Så till sist gav dom upp. Varje gång dom kommit dit och något nytt har tillkommit har dom fått ge med sig. Dom har även fått erkänna att det faktiskt var en bra idé i slutänden. Sakta går dom två kollegorna in i köket för att sätta sig vid det lilla träbordet som finns där. Konstigt nog har han inga dynor på ekstolarna. Det var inte så lätt att hitta några som passade in i köket. Men det ska införskaffas tids nog.
– Så vad log du åt när jag kom och öppnade dörren? Det såg ut som att något positivt hade hänt.

- Nej, det är inget som har hänt. Humöret är väl bara på topp idag helt enkelt.
- Om det är sanningen så är det ju jättebra. Så då kanske du kan berätta lite mer vad du tycker om mitt hus?
- Det är fint. Väldigt unikt. Aldrig sett någon ha den här sortens inredningsteman förut.
- Så du gillar det alltså? Frågade Henry med fast blick.
- Ja. Såg att du hade ett vapenskåp. Är du jägare?
- Nej, men jag är med i en skytteklubb. Det blir lite hobbyskytte lite då och då. Efter att min far lät mig skjuta med hans luftpistol när jag var i tonåren, som jag tyckte var riktigt roligt, bestämde jag mig efter några år för att jag var redo att prova på lite olika sorters skjutvapen.
- Är du redo för en ny dag förresten? Detta var Sörens försök till att byta ämne.
- Det skulle man kunna säga.
- Skulle kunna? Men kan man det då?
- Självklart, svarade Henry med ett litet leende.
- Låter bra. Då går vi väl då? Eftersom du är klar.
- Det skulle man också kunna säga men det är inte rätt.
- Hur ska du ha det egentligen? Nyss var du ju redo.
- Nej, jag sa att man skulle kunna säga att jag är det. Inte att jag var det.
- Det här säger du bara för att irritera mig, eller hur? För du verkar klar med allt.
- Kanske det, svarar Henry med en blinkning med höger öga.
- Ja, men kom igen då. Tiden rinner ju iväg för oss.
- Nu ljuger du. Det regnar inte och inte ser det ut som att det blir något idag heller. Inte så stora mängder i alla fall.
- Kul. Men du vet vad jag menar. Klockan börjar bli mycket nu.
- Ja, okej då. Men några minuter till gör ju ingen större skillnad.

– Det kanske verkar som en liten detalj. Men om du lägger ihop all tid som vi börjar sent eller tar långa raster så blir det rätt mycket till slut.

– Så som jag ser det så har vi två alternativ. Antingen så ser vi till att komma iväg i tid varje dag. Eller så ställer vi tillbaka klockan, skrattar Henry till svar.

– Om det hade fungerat, hade nog alla gjort det och dagen kanske aldrig skulle ta slut. Det blir också jobbigt med till exempel lunchen. Den lär ju komma flera gånger. Ingen kommer få något gjort. Och skulle det bara påverka oss två så hade vi fått ta lunch mitt i natten till slut.

– Åtminstone så hade lunchpriserna passerat.

Får Sören som svar från sin kollega som nästan är omöjlig att höra, eftersom han fortfarande skrattar.

– Precis. Så det vore ju synd att hamna i en sådan rytm, stönar Sören till svar.

– För att inte tala om att det inte kommer bli hållbart rent ekonomiskt för oss heller.

Henry skrattar vidare med en tår av glädje som rann ner från hans kind. Efter den kommentaren tittar han över på Sören och ser att han inte verkade tycka det var något roligt med det här. Så Henry lugnade ner sig och bestämde sig för att inte skämta på ett bra tag. En kvart eller så.

§ 12 §

Nu var det i alla fall dags att ta med sig Henry ut och sätta i gång med arbetsdagen. Efter att han dummat sig en hel del den här morgonen och på det viset slösat dyrbar tid så kom tanken om att hitta på något som hämnd. Inget större så klart men bara något som är lite lagom hårt men rättvist. Passar rätt bra in på mig själv, faktiskt, hård men rättvis. Man är ju inte ett monster direkt, långt därifrån. Jag följer mina egna regler och omdömen som nästan alltid är rätt väg att gå. Vädret denna dag var i stort sett perfekt med tanke på att klockan börjar närma sig halv nio. Nästan helt molnfritt och solen skiner starkt. En kvalificerad gissning är att temperaturen ligger runt femton grader i skuggan. Om man står i solljus blir det ju så klart genast mycket varmare. Åtminstone känns det så. Men det vet ju alla redan så det var ju en onödigt bit att berätta om. Fast ibland måste man ju få berätta även det mest uppenbara. Bara för att det känns uppenbart för dig själv betyder det inte att alla andra tycker samma sak. I arbetet får man dock hålla tillbaka. Man vill ju inte framstå som känslokall. Vore man det så skulle nog ryktet sprida sig snabbt och helt plötsligt står man där utan arbete. För att kunna lösa det här fallet så kändes det som att dagens första åtagande blir att åka ner till polisstationen. Har vi tur så har dom något nytt att dela med sig av. När vi började närma oss bilen så kom en idé som jag inte hann att tänka på konsekvenserna av innan min kollega fick höra den.

- Du förresten. Skulle inte du kunna köra idag? Kunde vara skönt för mig att slippa köra för en gångs skull.
- Får jag köra? Är du helt säker på att du vill låta mig sitta bakom ratten på din ögonsten?
- Du har mitt fulla förtroende. Den är egentligen inget speciellt att köra jämfört med andra bilar. Dessutom är

det bara en plåtlåda. Skulle något hända kan man laga i stort sett vad som helst.

– Så illa ska det inte behöva gå. Jag kommer köra mjukt och försiktigt så du får ha bilen i samma fina skick.

– Jag tvekar inte en sekund på det. Varsågod, här är nycklarna.

När min kollega fick nycklarna i sin hand så fick han samma blick som en liten pojke som just fått reda på att han får en ny cykel. Glädjen i hans ögon var uppenbar. En hel del stolthet fanns garanterat där också. Vem skulle inte känna så i det här läget om man var ungefär som Henry? Han satte sig i förarstolen och började ställa in speglar och stol så det passar honom. Medan han gjorde det började jag ångra mig. Dels för att tanken om ordet vi framkommer oftare nu mera, dels för att det känns som att min kollega blir mer och mer behandlad som en vän. Det är en känsla jag inte riktigt är bekväm med. Även om jag misstänker att vi kommer bli vänner till slut så måste jag tänka på hur relationen ser ut just nu. När det inte riktigt känns rätt och dessutom är för tidigt så är det bäst att låta bli att säga det. Men en dag kommer Henry få höra dom orden han längtar så mycket efter. Den dagen kommer bli fantastisk för honom och även för mig. Att få se hans glädje blir en trevlig upplevelse. Med tanke på vilken glädje han fick ut av att bara få köra min bil. Alla som tittade in i bilen och såg honom kan inte ha haft några problem att uppfatta hur han kände. Det leendet var ett av dom största jag sett på länge. Att ha någon annan som kör runt mig är faktiskt inte helt fel. Till skillnad från när man sitter bakom ratten, så kan man tänka på vad som helst utan att vara orolig för att koncentrationsbristen har någon negativ effekt. Så för en gångs skull kan jag fokusera på fallet hela resan medan Henry koncentrerar sig på vägen och all trafik. På dom tio minuterna det tog för oss att komma till stationen var det ingen av oss som sa något. Min kollega njöt för mycket bakom ratten för att kunna göra det och jag ville inte störa honom. Det är lite jobbigt att komma dit av två anledningar. Utöver allt folk som trängs där inne. Kanske är det bara jag som tycker det är trångbott där. Men det känns inte stort nog för dom som jobbar där. Den jobbigaste anledningen är parkeringsbristen. Har man inget tillstånd att stå där så har man verkligen tur om det finns någon ruta ledig. Undrar om Leif kan ge oss ett parkeringstillstånd? Fråga kan man ju alltid göra. Har man otur så kan man få parkera mer än trehundra meter bort. Det funkar väl helt okej så länge det inte regnar eller är vintertid. Extra jobbigt blir det när det är kallt ute. Inte för kylan i luftens skull. Utan det beror på att stora delar av vägen man går till stationen är kullerstensbelagd. Vilket gör att det ibland känns som att gå ut på en nyspolad is utan skridskor. Fötterna går åt alla möjliga håll. Några gånger har till och med jag blivit imponerad över vinklarna på benen som kan uppstå på grund utav det. Dom som såg mig vid dom tillfällena delade säkert min åsikt. Underlaget har garanterat en stor del i det hela. Sen kanske det inte är optimalt att gå runt med joggingskor året runt som jag gör. Så man får kanske skylla sig själv lite också. Varför ska man byta skor om man inte fryser om fötterna? För mig finns det inget svar på den frågan så dom får vara kvar. När Henry parkerade och hade tagit ut nyckeln blev jag av någon anledning lättad över att resan gått bra utan några missöden. Leifs kontor ligger uppe på andra våningen och självklart finns ingen hiss. Några tycker det är bra och sen finns det dom som mig som säger tvärtom. Trappor har aldrig varit en favorit för mig. Inte på grund av lathet, utan av bekvämlighetsskäl. När min före detta kollega hörde det så blev man kallad lat. Enligt honom så var det samma sak. Personligen höll jag inte med honom men fick ändå ge mig bara för att få tyst på honom. Inne i trapphuset ekar det inte som det oftast gör i lägenhetsbyggnader till exempel. Förvånansvärt tyst när man går där. Gammaldags men ändå trevligt inrett. Väggen är målad i en mintgrönaktig färg. Några tavlor med före detta polischefer finns upphängda mellan ett par blåa blommor. Väl inne på Leifs kontor satte vi oss i varsin svart läderstol framför ett stort brunt träskrivbord. Väldigt fint kontor även om väggarna kunde haft en trevligare färg än ljusgrön som dom är idag. Det skär sig ganska mycket mot inredningen. Men utöver det så skulle jag kunna säga att det är perfekt. Något som fick mig att reagera var att det tillkommit en askkopp med en pipa i sedan mitt förra besök.

– Leif. När började du röka pipa?

– Jaha, att du skulle kommentera den det första du gjorde är ju ingen överraskning. Faktiskt är det en väldigt ny grej för mig. Började igår.

– Att det var så pass nytt. Varför då om man får fråga?

– Ärligt talat kände jag bara för att börja med något nytt. Cigaretter kändes inte som min stil. Men med en pipa får man känslan av att dom som är runt omkring en uppfattar mig mer sofistikerad. Till och med jag själv känner det, och smartare dessutom. När jag ser min spegelbild i fönster och sådant känns det bra och det ser stiligt ut.

– Visst kan jag hålla med om att det ser ut som att personer med pipa verkar ha mer klass många gånger. Men i ditt fall så verkar det mer som att du försöker hitta något som får dig att stressa ner. Finns det verkligen inte något mindre hälsofarligt alternativ?

– Första tanken var att börja snusa. Men det kändes inte som min stil alls.

– Där har du i alla fall inte fel. Även om båda alternativen känns onödiga att börja med i din ålder.

– Det bestämmer inte du. Det är mitt liv. Om jag vill förkorta det så är det min ensak. Hm, glöm att jag sa så där.

Du har en poäng. Kanske är lika bra att sluta nu direkt innan man gör det till en vana.

– Bra val. Du kanske skulle börja med en ny hobby? Cykla kanske är ett alternativ.

– Ja, eller hur. Eftersom jag provade på rökning så är väl inte hälsan det viktigaste för mig just nu. Även om det borde vara det. Jag kanske ska överväga något mer hälsofrämjande trots allt.

– Bra. Och nu kanske du kan informera mig om det senaste i fallet gällande min försvunna kusin?

– Ja, vi har fått svar på DNA-testet från platsen där kroppen låg. Resultatet är inte vad vi förväntade oss.

– Så överraskande kan det väl inte vara?

– Det tror du inte? Okej, men om jag säger att DNA:t inte stämmer överens med din kusins. Så är du inte förvånad överhuvudtaget?

– Jag tar tillbaka det och erkänner att resultatet var förvånande. Vems kropp är det då?

– Tyvärr har vi inget svar på det ännu. Vi letar efter en träff i DNA-registret. Men vi började med det igår kväll.

– Jag förstår. Detta innebär att vi nu inte bara letar efter min kusin och hans fru. Utan nu ska vi även hitta en mördare som springer på fri fot.

– Mördaren eller mördarna. Plus offrets identitet.

– Det hoppas jag verkligen inte att det är flera involverade. Det är svårt nog att hitta en person.

– Kanske känns det så. Men är dom två så är chansen stor att någon av dom gör ett misstag. En person har ju ingen annans handlingar att ta ansvar för.

– Det där lät inte helt fel, kommenterade Henry helt plötsligt.

– Precis. Men nu har jag några saker att göra. Så kan ni vara vänliga att gå? Sa Leif medan han plockade upp sin pipa.

Att han skulle sluta röka verkade inte hålla så länge. Varken jag eller min kollega svarade honom. Vi bara reste oss och gick. När vi kom ut så hade det börjat regna. Inget glädjande väder efter den nya informationen. Henry sträckte ut höger arm och öppnade upp handen. Det var precis som om han väntade på något som inte jag förstod vad det var. Eller kontrollerade han bara hur mycket det regnade? Sedan insåg jag vad det var. Självklart väntade han på nycklarna till bilen. Fast nu har jag haft tid att tänka om angående vem som skulle få köra min bil. Svaret blev ingen annan än mig själv. Det är inget personligt mot min kollega. Jag menar verkligen att ingen ska någonsin få köra min bil igen. Oron över att något ska hända är alldeles för stor.

– Eftersom du körde tidigare idag så är det min tur nu, sa jag snabbt.

Hans gensvar blev en besviken min och armen föll snabbt ner. Henry får nöja sig med att vara passagerare igen. Med tanke på att han berättat tidigare hur mycket han trivs med jobbet och hur roligt det är att jobba med mig så verkar han vara helt okej med det upplägget. Vi satte oss i bilen. Regnet hördes tydligt när det träffade taket. Ett väldigt rogivande ljud om man stannar upp och lyssnar ordentligt. Inte för att vi har så mycket tid för sådant just nu. Men jag valde ändå att göra det för en kort stund. När vi ändå åker genom centrum där hastigheten är begränsad av den där ökända kullerstenen. Vår destination var mitt kontor. Under tiden satt min kollega och kollade ut genom sidorutan, när han plötsligt ryckte till.

– Vad kom du på nu? Att du glömt vilken färg på tröjan du ska imorgon? Haha.

– Nej, inget sådant. Sluta göra dig dum. Jag tyckte precis jag såg Eva i klädaffären där borta.

– Du ser syner min väää...kollega.

– Men det var hon. Jag är helt säker. Eller har hon en tvilling som du inte berättat något om?

– Nej, det har hon inte. Men om du tror att hon var där så vänder vi om och kollar upp det.

- Tack för att du tar det på allvar. Men jag är väldigt skeptisk till att hon är kvar när vi kommer fram.
- Mycket möjligt, men vi måste ändå göra ett försök. Det är mycket viktigt att vi får en pratstund med henne.

Vid första bästa tillfälle vände vi. Helt ärligt så gick det väl inte inom hastighetsbegränsningen även om det var med en liten marginal. Det är en av mina viktigaste punkter att följa för mig själv. Att hålla hastigheten och aldrig överskrida den. Så att behöva göra det tog emot. Turligt nog gick det bra och en parkeringsruta råkade vara ledig mittemot affären. Vi sprang över gatan inte bara på grund av regnet utan också för att tjäna tid. Väl inne i butiken sökte vi efter Eva. Men precis som vi misstänkte så syntes hon inte till. Lika bra att fråga expediten för att vara på den säkra sidan.

- Ursäkta mig. Men har en brunhårig kvinna i fyrtiofemårsåldern lämnat butiken?
- Det kommer många kvinnor hit i den åldern som skulle kunna passa in på den beskrivningen. Bara den senaste timmen har det varit minst fyra, fick jag som svar i en spydig ton.
- Jo, jag förstår att det. Vad jag menade var om det varit någon dom senaste minuterna?
- Ja, en gick ut bara minuten innan ni kom. Hon hade en svart jeansjacka på sig. Om det säger er något.
- Låter som Evas stil. Du såg inte åt vilket håll hon gick?
- Nej, jag spionerar inte på våra kunder. När hon hade betalat och var på väg ut vände jag ryggen till. Det finns andra saker att göra här än att stå och kolla på kunderna.
- Okej, jag förstår. Tack ändå för att du tog dig tid.

Henry kollade mot mig. Och jag lutade huvudet mot dörren som en signal på att det var dags att gå.

- Ja du, Henry. Vad ska man tro om detta?
- Mycket bra fråga. För det första har vi ingen aning om vart hon gick. För det andra är det osäkert om det ens

var hon. Så om det är värt att lägga mer tid på det här
är den stora frågan.

– Om vi utgår från att det var hon. Vad gjorde hon här i så
fall? Inte ett spår efter henne på två dagar. För att sedan
plötsligt dyka upp utan att ta kontakt med mig.
– Kan det vara så att hon har något att dölja tro?
– Var fick du det ifrån nu då? Glöm inte vem det var som
kontaktade mig från början för att hitta hennes man.
– Du har rätt. Ursäkta mig. Men hur ska vi tolka det här då?
– Tyvärr vet jag inte mer än vad du gör i det här läget.
– Borde inte chefen veta mer än sin kollega i det här yrket?
– Jo, men man vill ju inte skryta. Det skulle ju kunna leda
till att du inte kämpar lika hårt. Du blir ju sur när jag
säger för mycket. Fast just nu så är vi på samma nivå.
– Inte alls. Kritiken du ger mig tar jag emot för att kunna
lära mig mer om yrket. Du vet mycket väl att min erfa-
renhet inom det här var helt obefintlig innan jag blev
anställd av dig.
– Jo, det gör jag ju. Irriterande nog blir jag påmind lite för
tätt ibland.

Där blev Henry sur. Man kunde se det på hans blick som
gick direkt ner i marken och mungiporna åkte även dom
ner. Det var nära att jag kastade in ett vad var det jag sa.
Men inte ens jag är så okänslig. Där går min gräns.

– Sluta tjura nu. Kom igen, vi måste vidare.
– Okej, men vart ska vi då? Svarade Henry med sin blick
fortfarande neråt och irriterad ton i rösten.
– Antar att vi får åka tillbaka till stationen och informera
Leif om det här.
– Är det verkligen värt det? Allt vi har är ju bara en miss-
tanke.
– Visst, vi har inte något att komma med direkt. Men dom
har ju bättre resurser för att kolla upp sådant här mer
noggrant. Dessutom är det bättre än inget.
– Det är sant. Vi har haft väldigt mycket av inget rätt

länge nu. Så när vi äntligen har något så är det väl lika
bra vi meddelar kommissarien om det.

– Absolut. Så låt oss får en gångs skull komma med något.
Som förhoppningsvis kan få fart på det här fallet.

– Fast så hög fart lär vi inte komma upp i.

– Vadå? Vad yrar du om nu? Klart vi kan det.

– Jag yrar inte alls. Det är ju så att när du faller så kommer
du upp i en viss hastighet innan du slutar öka i fart.

– Antingen så yrar du eller så försöker du vara rolig. Vad
det än är så kan du sluta med det. Skärp till dig nu!

Att höja rösten där kändes helt rätt just då. Fast det gick
nog bara några sekunder innan jag ångrade mig. Men som
man säger, det är lätt att vara efterklok.

– Ja, men du behöver väl inte skrika? Det blir inte bättre
bara för det. Folk gillar inte sådant. Speciellt inte dom
man jobbar med.

– Du har rätt. Jag ber om ursäkt min vää..kollega.

– Okej, Sören. Nu får du förklara dig. Varför har du så
svårt för att kalla mig din vän? Vid det här laget är vi
väl utan tvekan vänner.

– Visst, jag lovar att berätta det. Men inte ännu, det är inte
rätt tillfälle just nu.

– Är det någonsin rätt tillfälle för dig? Det känns som att
du aldrig kommer att berätta.

– Jag kan förstå att du har svårt att tro på mig. Men lita
på mig. När det känns rätt för mig så kommer du att få
ett svar. Och det är ett löfte.

Man såg på honom att han knappt godkände mitt svar.
Turligt nog så verkade det räcka för tillfället i alla fall. Så
mitt bästa alternativ just nu är att bara gå tillbaka till bilen
i tystnad. Utan att ta ögonkontakt med min kollega. Vilket
överraskande nog fungerade. Även om faran inte är över
så att säga. Så kändes det ändå bra att komma så här långt.
Frågan var om det går att klara sig hela vägen i mål. I ett
desperat försök att lyckas med detta, startade jag radion.

§ 13 §

Att använda radion visade sig snabbt vara ett dåligt alternativ i den är situationen. En politisk debatt pågick och något sådant lär inte hindra Henry från att prata om den eller något annat. Mycket riktigt så dröjde det inte länge innan han var tvungen att uttala sig.

- Om din plan var att starta radion för att få tyst på mig, så kan jag meddela att det inte fungerar.
- Varför skulle jag göra något sådant? Nej, det här är mitt favoritprogram.
- Hur kommer det sig då att det här är första gången du lyssnar på det med mig då?
- Av vänlighet så klart. Jag antog att det här inte var något som skulle intressera dig.
- För det första så var det en väldigt dålig ursäkt. Och för det andra så har du fel. Sådant här kan vara mycket intressant att lyssna på.
- Verkligen? Du är full av överraskningar. Du framstår inte som en politiskt intresserad person för mig.

Henry svarade mig med ett leende och en blinkning med sitt vänstra öga. En signal som sa mig att hans svar var sarkastiskt menat. Med tanke på vad han fått höra från mig den senaste tiden så är det väl inte mer än rättvist. Därför valde jag att spela med för hans skull.

- Så hur ofta lyssnar du på debatter? frågade jag min kollega för att se om han orkade försöka lura mig ännu mer.
- Min favorit är egentligen att läsa dem. Om det är några större politiska möten så brukar det bli tre dagar i veckan. Minst två oavsett vad som händer. Hur insatt är du?
- Mina rutiner ser ut ungefär som dina. Ibland mer och ibland mindre. Allt beror på vad som händer i mitt liv i

övrigt för tillfället. Som du märker så föredrar jag ändå att lyssna på dom. Man får höra exakt hur dom svarar och i vilket tonläge. Något som en tidning aldrig kan ge. Så hur kan du föredra dom?

Under tiden jag ställde frågan fick Henry ett ansträngt leende. Det verkade som att han inte ville spela med längre nu.

– Det här var ett trevligt ämne att diskutera med dig. Jag ser fram emot att gå in djupare i det. Men nu hade vi varit framme om du inte kört förbi infarten.

– Jo, visserligen. Men det här är helt enligt planen. Bensinmätaren pekar nära botten så vi behöver stanna och tanka först. Fast har du så himla bråttom så kan vi väl göra det senare.

– Nog för att du sagt att tid är pengar men inte har vi så bråttom?

– Kanske inte, men nu åker vi till stationen först. Tänk vad överraskad Leif kommer bli när vi dyker upp igen på samma dag.

– Bara vi inte stör honom. Han verkade rätt upptagen tidigare, sa Henry med oro i rösten.

– Då får han ta sig tid helt enkelt. Vad han än gör så kan det omöjligt vara viktigare än det här.

– Det återstår att se. Hoppas verkligen att du har rätt, svarade min kollega, fortfarande orolig.

Efter att vi hade parkerat bilen och gått in på stationen så fick jag en känsla av att vi såg ut som två actionhjältar när vi gick där tillsammans i korridorerna. Det enda som saknades för att ge det en ännu mer filmisk känsla vore någon häftig bakgrundsmusik. Just det, och ett par svarta solglasögon. Ingen actionfilm i polismiljö är komplett utan dom verkade det som när man tittar på en. Om man kanske skulle skoja till det lite.

– Du, Henry. Om vi försöker att gå i slowmotion så är det Hollywood nästa för oss, haha.

– Varför skulle vi göra det? Hade vi inte viktig informa-
tion att dela med oss utav?

– Jo, men det har vi ju. Det var bara en tanke. Glöm att
jag sa något.

– Okej, svarade Henry med ett tonläge som lät precis som
en irriterad tonåring.

Framme vid Leifs dörr knackade jag hårt och bestämt för
att det tydligt skulle märkas att något viktigt var på gång.

– Vad det än gäller så är jag upptagen hela dagen! Skrek
Leif genom dörren.

– Han låter väldigt irriterad, Sören. Kanske är bäst att vi
återkommer imorgon istället?

– Nej. Har vi kört hit för att kunna meddela honom detta
så ska vi göra det.

Den här gången knackade jag ännu hårdare samtidigt som
jag sparkade lätt med min högra fot mot dörren.

– Akta, du kan både få ont och irritera Leif ännu mer när
du gör så där.

– Hade han bara öppnat första gången så hade det inte
behövts, svarade jag nu lite irriterad.

Precis efter jag avslutade min mening öppnades dörren
hastigt och där står Leif skrikande.

– Vad håller du på med?

– Hej på dig också. Då var vi här igen.

– Jaha, är det bara ni? Vad är det nu då som tydligen är så
viktigt att ni måste sparka ner min dörr? Varför kan det
inte vänta tills imorgon?

– Jo, det är så att vi såg Eva på stan för ungefär tjugo mi-
nuter sedan.

– Gjorde ni? Vad sa hon då? Hoppas det är något vi kan
ha nytta av.

– Tyvärr hann vi inte vända bilen i tid. Så när vi kom fram
till butiken var hon borta.

– Aha, jag förstår. Då gör vi så här. Gå ut och prata med So-
fie där borta. Ge henne detaljerna angående Evas kläd-

sel. Så skickar hon ut informationen till våra patruller. Förhoppningsvis får dom syn på någon som stämmer in på beskrivningen. Sofie är tjejen med den blåa tröjan.
- Okej, då gör vi så. Skulle någon hitta henne eller få fram nya ledtrådar hoppas jag ni kontaktar mig?
- Självklart, Sören. Jag förväntar mig detsamma.
- Absolut. Vi kom ju med den här informationen. Så inte tänker vi hålla något sådant för oss själva.
- Bra. Lycka till och så hörs vi förhoppningsvis inom kort igen. Inte något mer i dag bara, är ni snälla.
- Hehe, vi kan inte lova något, var Henry tvungen att sticka in med.

Leif svarade inte ens utan skakade bara på huvudet samtidigt som han stängde dörren.
- Jaha, då tar vi väl oss ett litet snack med Sofie. Så får vi se vart det kan leda.
- Låter som en bra idé, svarade Henry lite glatt.

Sofie satt vid sitt skrivbord med fullt fokus på det som var på sin datorskärm. Den blåa tröjan passade perfekt till hennes axellånga blonda hår.
- Ursäkta oss. Leif bad oss prata med dig angående ett fall som du skulle hjälpa oss att lösa.
- Vad gäller det för fall?
- Det gäller en försvunnen person, som sedan utvecklades till två personer. För att komplicera det hela ännu mer ledde det till att en bränd kropp hittades. Så vad fallet kallas har jag ingen aning om.
- Komplicerat är nog det minsta man kan säga. Namn på den första försvunna personen?
- Kent, svarade jag snabbt.
- Jo tack, men helst efternamnet också. Att bara söka på Kent kommer ge alldeles för många svar.
- Självklart. Ursäkta mig. Bengtsson.
- Tack. Då ska vi se vad vi kan hitta för något.
- Tyvärr är det nog inte så mycket är jag rädd.

– Du har helt rätt. Nästan som att fallet precis påbörjats.

– Som vi misstänkte. Men det var inte därför vi kom. Utan vi är här för att dela med oss av informationen som vi hoppas du kan vidarebefordra till patrullerna ute i fält.

– Jaså. Så ni har kommit fram till något som vi inte har klarat av? Två hobbydetektiver.

– Lugn nu. Vi är inte amatörer. I alla fall inte jag.

Om blickar kunde döda så hade Henrys haft ihjäl mig direkt. Han verkade ännu en gång inte helt överens med mig.

– Visst, vi säger det. Och informationen är?

– Den andra personen som försvann råkar vara Kents fru Eva. Efter att hon varit försvunnen i två dagar så såg vi henne på stan tidigare idag. Leif bad oss dela med oss om vad för slags kläder hon bar.

– Så vi kan hitta henne åt er? Om ni nu inte är amatörer så borde ni väl kunna lösa detta själva?

Hennes inställning gjorde mig lite irriterad för att uttrycka mig milt. Medan jag samlade mina tankar fick Henry plötsligt för sig att börja prata.

– Det bästa för oss vore om vi alla hjälps åt. Så vi kan lösa det här. Så har det fungerat i stort sett från början och jag hoppas vi kan fortsätta så. Utan din hjälp kommer det här ta mycket längre tid att lösa. Så snälla hjälp oss. Även ni kommer tjäna på det.

– Ja, men självklart ska jag göra det. Lämna detaljerna till mig så ordnar jag det här.

Henry berättade mer i detalj vad Eva hade haft på sig medan jag stod förvånad bredvid. När Sofie fått all information gjorde hon mig ännu mer förvånad genom att le. Jag gjorde mitt bästa för att dölja min förvåning. Om det lyckades är tveksamt.

– Tack. Då ska vi lämna dig ifred så du kan göra ditt jobb. Och vi går och gör vårt såklart, sa Henry glatt.

– Låter som en plan. Lycka till.

- Detsamma. Hej då.
- Hej då, svarade Sofie med ännu ett leende.
Så fort vi var utanför stationen var jag tvungen att fråga ut Henry om det som just hade hänt.
- Hur kommer det sig att du kunde få henne att bemöta dig med en så trevlig ton? Och inte få ett lika kallt bemötande som mig?
- Har ingen aning. Hon var ju supertrevlig.
- Trevlig? På slutet ja. I början kändes det som om hon inte var intresserad av att samarbeta överhuvudtaget.
- Du har din åsikt och jag har min. Ska vi sätta i gång nu? Det känns som att lösningen är nära.
- När det kommer till Sofie har du fel. När det gäller fallet så har du nog inte helt fel. Det har tagit tid men äntligen känns det som att vi faktiskt närmar oss en upplösning. Och bara för att tillägga en sista sak när det gäller Sofies beteende emot mig så kan det ju bero på att hon ser mig som ett hot.
- Det tror jag inte att hon gör. Snälla, kan du inte bara släppa det där nu?
- Okej då. Men hon är helt klart avundsjuk på min framgång.
En djup suck hördes från Henry innan han fortsatte.
- Mitt förslag är att vi åker ner till stan och kollar runt där. Har vi tur kanske Eva visar sig igen.
- Sannolikheten för att det skulle hända är inte särskilt hög. Men vi gör som du vill och så får vi se vad som händer. Om vi ser henne så kommer jag stanna bilen direkt. Det spelar ingen roll om vi har bilar bakom oss. Du måste slänga dig ut och stoppa henne så fort du kan. Vi vill inte riskera att hon försvinner igen.
- Självklart ska vi undvika det. Vi hade bara tur första gången vi såg henne. Alltså inte första gången vi såg henne. Vad jag menade var senaste gången innan hon försvann igen.

- Tack för en onödig förklaring på ett onödigt tillägg. Det var uppenbart vad du menade från första början. Men bara så du vet. Jag hoppas att du är snabb ur bilen om vi skulle se henne.
- Du kommer bara kunna se ett streck när jag tar fart.
- Jo visst. Det tror jag först när jag ser det.
- Vänta du bara så ska du få se. Tro det eller ej, men jag höll på med löpning en gång i tiden.
- Gjorde du? Du har tydligen gjort en hel del i ditt liv. Varför slutade du?
- Jag råkade ut för en skada som tvingade mig att sluta.
- Tråkigt att höra. Men i så fall kanske det inte är så bra att du springer efter någon?
- Det är ingen fara. Kortare stunder går bra.
- Är du helt säker på det? Om du skulle skada dig igen så finns ju risken att du inte kan jobba vidare med mig.
- Absolut. Visst, jag har inte provat på flera år. Men det betyder ju bara att jag kunnat vila mig i form.
- Hm, okej. Det är helt upp till dig. Så vi får se hur det går helt enkelt.
- Hur det går? Skulle jag inte springa?
- Henry! Snälla, sa jag samtidigt som jag skakade besviket på huvudet.
- Förlåt chefen. Men den här gången kunde jag inte låta bli att driva lite med dig. Det var ett så bra upplägg att jag inte kunde motstå.
- Haha, jätteroligt. Men låt oss sätta i gång nu.
- Det där låter bekant, skrattade Henry.
- Ja, men det är jag som bestämmer så den här gången gäller det.

Vi satte oss i bilen och började åka in mot centrum när ett plingande ljud påminde mig om att det var dags att tanka. Något vi båda hade glömt att göra. Fast vi skulle gjort det direkt när vi kom ut från stationen. Så ännu en gång blir det ett avbrott i utredningen. Som tur var är det här ett snabbt stopp. Det hade åtminstone varit det om inte macken legat bredvid stormarknaden. Den råkar ha ett eget bageri. Så Henry kunde självklart inte låta bli att gå in där för att köpa wienerbröd. När tanken var full flyttade jag bilen till en parkeringsruta för att vänta in min kollega. Snart kom han tillbaka med ett leende och en påse i vänsterhanden. Han satte sig i bilen och stängde dörren.

– Nu hade vi tur.

Vad jag hade med det här att göra förstod jag inte.

– Vadå vi? Det var ju du som gick in och köpte fika på eget initiativ.

– Men klart jag köpte en till dig också. Det blev en variant med en jordgubbe på med en ring av sylt runt den. Dom två sista som fanns kvar.

– I så fall var det tur. Tog du inget kaffe till dom?

– Oj då. Jag var nog så glad över att få dom två sista att det försvann ur tankarna.

– Då sparar jag min till senare. Utan kaffe känns det inte rätt att fika.

– Vi kan väl bara åka in till centrum och köpa en vid torget? Det finns ju faktiskt bänkar där också.

– Ja, okej då. Vi gör så. Under tiden vi fikar så får vi ju bra uppsikt. Nästan som att vi tar fika som en täckmantel. Låt oss hoppas att Eva syns till.

– Det kanske är lite väl mycket begärt men man måste ju hålla hoppet uppe.

Det här innebar ännu en avstickare. Fast det här är ett av dom stoppen som faktiskt känns helt rätt. Energi behövs ju för att orka med dagarna. Vi kommer trots allt kunna jobba samtidigt. Men tydligen kunde Henry inte vänta. Så fort vi lämnat parkeringen hördes ljud från en prasslande påse. Jag kollade på min kollega som tog upp sitt wienerbröd och gav honom en förvånad blick. Så fort min blick var tillbaka på vägen hördes Henry ropa.

– Nej!

- Vad är det? Tycker du jag kör så dåligt?
- Nej, men när jag skulle ta mig en tugga så blev lutningen så stor på brödet att jordgubben och en del av sylten gled av. Inte kunde det landa på mig heller utan på sätet istället.
- Vad säger du?! Förstår du hur mycket jobb det kan vara för att få bort sylt? Det blir bara kladdigt när man försöker torka upp det.
- Förlåt. Du kan skicka räkningen till mig så står jag för städkostnaden. Det är ju mitt fel att ditt säte blir kladdigt så inte mer än rätt att min plånbok får ta smällen.
- Det är väl det minsta du kan göra. Tur för dig att det bara är du som sitter där i stort sett.
- Hehe, ja, annars hade du väl slängt ut mig direkt och dessutom bett mig betala mer än det dubbla.
- Kanske inte det dubbla men utan tvekan mer än vad du kommer behöva göra nu.
- Om du hade gjort det så hade det inte varit mer än rätt åt mig.
- Köp kaffet åt oss nu. Du bjuder.
- Självklart gör jag det. Snart tillbaka.

Medan Henry gick iväg så försökte jag torka bort det värsta av sylten innan jag valde en bänk bredvid en fontän att sitta på för att kunna njuta maximalt. Det finns inte mycket här i världen som är så rogivande som porlande vatten. Solen sken och värmde skönt. Då var det dags att försöka tänka tillbaka på allt som hänt och se om man kan lyckas hitta en lösning. Sedan Kent försvann har vi inte hittat något som bevisar att han fortfarande är i livet. Vi har för den delen inte hittat något som tyder på motsatsen heller. På något sätt så har hans försvinnande hamnat i skymundan sen den brända kroppen dök upp. Sedan började vi leta efter Eva när hon försvann. Frågan är om vi fokuserat för mycket på att finna kroppens identitet. Vi har ju trots allt inte kommit närmre ett svar varken med den eller var Kent befinner sig.

Det bästa är nog att börja fokusera på ett av dom. Så man inte försöker hålla fler bollar i luften än vad man klarar av. Även om Kent försvann först så är det nog bäst att fokusera på Eva som vi såg senast. Något säger mig att om vi hittar henne så kommer en stor pusselbit hamna på plats. Den biten kommer garanterat att leda oss till Kent. Det är något misstänkt med att Eva helt plötsligt dyker upp när hon varit spårlöst försvunnen i några dagar. Nu gäller det bara att komma fram till vad. Mycket längre än så kom jag tyvärr inte innan Henry var tillbaka.

– Så där. Här har du ditt kaffe.

Han räckte över koppen och kaffet hade en skumkrona.

– Vad är det här för slags kaffe egentligen?

– Ingen aning. Jag valde bara en sort som var trevlig att titta på. Min tanke var att det skulle ge en positiv effekt som sänker din irritation för sätet.

– Jaså, du tänkte så. Du kan vara lugn. Jag tänkte aldrig skicka någon räkning till dig. Dessutom har du bjudit på fika nu så du är ändå skuldfri.

– Tack, chefen. Vad sitter du och funderar på?

– Inget speciellt. Njuter bara av solen.

– Kom igen. När du tänker så syns det på ditt ansiktsuttryck. Så dela med dig nu. Även om du inte verkar helt säker på att jag vill hjälpa dig alla gånger. Men innerst inne vet du nog hur det egentligen ligger till.

– Okej då. Det enda som går i mina tankar just nu är hur allt det här började. I jakten på ett svar tänker jag igenom allt. När Kent försvann, när vi hittade den brända siluetten efter kroppen. Och så klart skottlossningen som skedde innan Evas försvinnande.

– Rätt otroligt vad mycket som hänt i våra liv den senaste tiden när du tar upp allt så där. Inte konstigt om man missar något när det är så många saker att hålla reda på. Helt plötsligt kan man börja tänka på något annat och sen är det som att börja om från start igen.

- Precis. Så från och med nu så fokuserar vi på att hitta
  Eva innan vi gör någonting annat.
- Låter som en plan. Men innan vi gör det så är det en
  fråga jag glömde ställa.
- Vad funderar du på, Henry?

Något sa mig att vad han än hade att säga så skulle det inte
vara till någon hjälp.

- Du ville inte ha socker i kaffet? Kom på att du kanske
  hade velat ha det.
- Nej, det går bra ändå, svarade jag med en djup suck.

Wienerbrödet var mycket godare än vad jag trodde. La-
gom sött och tack vare sylten så blev det på något sätt både
saftigt på insidan och frasigt på utsidan. Kaffet däremot
var ingen höjdare. Väldigt svagt och för första gången sen
jag började dricka kaffe så kändes det som att lite socker
hade förbättrat det en hel del. Dom omvägar vi tagit under
dagen har alla varit lite onödiga. Men den här fikastunden
var helt klart värt tiden trots allt.

§ 14 §

Den dagen som Leif upptäckte att Eva inte gick att kontakta på något sätt, utan något meddelande eller ledtrådar som kunde kopplas till henne, blir första tanken att något brott ligger bakom. Men när man sedan får syn på den försvunna på stan så blir frågorna så många fler. Hade hon blivit kidnappad och lyckats fly? Eller har hon hållit sig undan på eget bevåg? Och i så fall varför? Har hon något att dölja? Nu är vi åter igen på stan och hoppas på att ha turen med oss ännu en gång. Fast innerst inne är jag mycket tveksam till det. Efter vad jag vet så är Eva ingen vanemänniska. Hon går dit hon känner för oavsett dag och tid. Så länge det är öppet på det stället hon vet att det finns något utav intresse. Att det underlättar för oss är att ta i. Frågan är hur vi får reda på var hon gömmer sig. Om vi ska fortsätta söka igenom klädaffärer och hoppas på att hon behöver något mer.

– Sören! Jag tror jag har det!

– Har du kommit på något? Snälla, säg att det har med fallet att göra.

– Det har med fallet att göra. Efter att jag tänkt igenom vad som hänt sedan starten så är det en liten detalj som känns viktig.

– Okej. Låt höra vad du funderat på. Så får vi se vart det leder.

– Du tror att jag bara dummar mig. Att det här är slöseri med tid. Men vänta så ska du få höra. Efter det kommer du ha en helt annan uppfattning.

– Låt höra. Berätta för den elaka detektiven som är din chef.

– Nu är du bara barnslig. Lyssna noga. Du vet när vi var hemma hos Eva för att fråga henne om Kents försvinnande?

- En sådan sak glömmer man inte så lätt. Att vara detektiv och glömma sådana saker är oförlåtligt.
- Jo, men detaljen är att när vi satt i soffan och hon kom med kakfatet. Precis när hon började böja sig ner för att sätta ner fatet så började dom beskjuta oss. Tycker du inte att det är lite väl mycket tur? Att just när hon duckar så började dom skjuta?
- Nu när du säger det så hade hon lite väl mycket tur på sin sida. Men det kan ju vara en slump också helt enkelt.
- Nu när jag tänker efter såg det faktiskt ut som om att hon tittade ut genom fönstret också för ett kort ögonblick. Jag kan inte svära på att det var så däremot.
- Den teorin är ju inte helt osannolik. Då var det bestämt, vi ska jobba extra mycket med det. Vi måste få tag i Eva så fort som möjligt till varje pris.
- Du kan inte mena att vi ska fånga henne död eller levande? Svarar Henry med en chockad blick.
- Självklart inte. Så illa ska det inte behöva gå. Vi har nog med död i det här fallet som det är. Vi behöver henne eftersom jag misstänker att hon vet mer än vad hon berättat för oss.
- Jag har en idé som kan vara värd att prova.
- Efter din första iakttagelse så är jag idel öra.
- Idel vad då? Min kollega kollade på mig med en fundersam min.
- På enkel svenska. Berätta och jag lyssnar noga.
- Okej, då är min tanke så här. Om vi skulle vara tjejer och köpt nya kläder så misstänker jag att man oftast behöver något mer i en annan butik.
- Självklart. Man skulle ju gå till hattaffären utan tvekan.
- Okej, nu vet jag hur du uppfattar mig när mina förslag är dåliga.
- Vad menar du med det? Mitt förslag är väl jättebra?
- Vi behöver inte diskutera det något mer, tycker jag. Hatt

känns så gammaldags nu för tiden. Men vi kan börja med det ändå.

– Då var det ju ett bra förslag i alla fall.

– Anledningen till att vi börjar med det är att det råkar vara en hattaffär nära oss just nu. Personligen om jag nu hade varit tjej hade jag köpt ett par matchande skor.

– Nu har du väl ändå lite väl förutfattade meningar om tjejer?

– Ja, det var att ta i. Men vad har vi att förlora?

– Du har rätt. Vi satsar allt eller inget i detta läge.

Vi kom överens om att låta bilen stå och promenera denna gång. På det sättet sparar vi moment om vi måste springa i kapp Eva om hon skulle visa sig. Vår taktik var enkel men briljant. Vi börjar helt enkelt längs ner på gatan och går uppåt. När vi kommer till den sista butiken av intresse, byter vi sida och gör samma sak fast tvärt om. Eller ja, ni förstår vad jag menar. Eftersom den vänstra sidan av gatan har mindre antal butiker så tar vi den sist. Ifall det skulle dra ut på tiden. Första butiken vi kom in i hade en fräsch inredning i en färgkombination av svart och vitt. Personligen hade jag nog valt lite mer färger för att ge kunderna gladare nyanser. Henry försvann nästan direkt bakom ett par hyllor. När jag kom runt hörnet så stod han där med en svart topphatt på huvudet.

– Kolla in den här, Sören. En sådan skulle du ha.

– Nej, absolut inte. Den där passar inte alls min stil. Hur tror du folk skulle uppfatta mig om jag bar den?

– Som en herre med klass, förstås, skrattade Henry.

– Snarare som en sotare från förr.

– En sotare som får mycket respekt av andra.

– Kan så vara. Men det passar sig inte att se ut så när man samarbetar med polisväsendet.

– Det är nog sant. Så vad sägs som en brun i stället? Skrattade Henry.

– Nej du. Hattar är inte min stil. När jag ser mig själv i

spegeln så ser det bara fel ut. Någon gång i framtiden
kanske min smak ändras.

– Om du skulle börja bära hatt. Får jag vara den första som
får se dig bära en?

– Det kan jag garantera att du kommer få vara.

– Man tackar. Om vi skulle återgå till arbetet så kan vi ju
med säkerhet konstatera att Eva inte är här. Men vi kan-
ske borde fråga personalen om hon varit här tidigare?

– Självklart måste vi göra det.

Mannen bakom kassan bar en svart kavaj. Med butikens
inredning och hans klädsel fick man en känsla av att den
här butiken var mer för överklassen. Så fort vi närmade
oss honom så hälsade han oss välkomna. Och den obliga-
toriska frågan om vi behövde hjälp.

– Jo, det är så att vi söker efter en person. Känner du igen
kvinnan på den här bilden?

– Hm, nej, tyvärr. Hon verkar inte bekant. Många kunder
berömmer mig för mitt goda minne. Så hade hon varit
kund här så skulle jag säkerligen känt igen henne.

– Okej, jag förstår. Tack för att du tog dig tid.

Bara att se om vi har bättre tur i nästa butik. Eftersom min
kollega hade fastnat vid hattarna så fick jag påkalla hans
uppmärksamhet.

– Kom Henry. Dags att gå till nästa ställe.

– Fattas bara att du säger fot till mig.

– Haha, du behöver inte vara orolig för det. Eftersom jag
vet att du ändå inte hade lytt mig.

Nästa affär behövde vi inte ens gå in i eftersom en klädaf-
fär för män inte lär vara något för Eva. Skulle dom andra
butikerna inte ge oss något av vikt kan vi kanske avsluta
med att gå in där. Nästa butik hade blivit nerlagd bara några
dagar tidigare. Henry signalerade med en handsignal att
det var dags att byta sida. Den sidan av gatan är känd som
den döda sidan om man frågar stadsborna. Anledningen
är att nästan alla butiker här har antingen gått i konkurs

eller flyttat ut till utkanten av stan. Det i sin tur får alla nya butiker att etablera sig där eftersom många kunder dras dit redan. Plus att parkeringarna är stora och gratis. Jag tror att den största anledningen till att butikerna gått i konkurs var dom avgiftsbelagda parkeringarna. Det är bara en gissning från min sida. Men en bra sådan känns det som.

– Då så. In och fortsätt jobba, sa Henry till mig med en handgest för att visa att jag skulle gå in först.

– Absolut. Tid är pengar som man brukar säga.

– Hade jag haft timlön hade jag jobbat långsammare i så fall, hehe.

– Ännu långsammare? Är det verkligen möjligt?

– Vad säger du? Jag jobbar ju på i ett bra tempo.

– För dig kan jag tänka mig att det känns som ett bra tempo. Men skulle du försöka maska så kan du räkna med att du får lönen sänkt.

– Ingen risk. I början tog jag det här jobbet endast för pengarnas skull. Men ju mer vi jobbat, desto mer har det ändrats. Nu vill jag jobba med det så mycket som möjligt. Till en viss gräns så klart. Jobba dygnet runt skulle inte hålla mig positiv till yrket.

– Det var roligt att höra. Bara för att klargöra så skojade jag bara med dig. Du jobbar i ett lagom tempo med potentialen att öka om det skulle behövas.

– Man tackar. Ska vi gå in nu då eller ska vi stå kvar precis utanför?

– Nej, vi ska gå in. Efter dig Henry, sa jag vänligt.

Min kollegas ansiktsuttryck var förvånat men med ett leende som växte lite. Vid kassan stod en ung tjej med brunt hår klädd i röd kavaj och svarta byxor. Jag gick fram och frågade om hon sett Eva där samtidigt som jag höll upp bilden på henne.

– Jodå, henne har jag sett förut. Flera gånger faktiskt. Hon är en återkommande kund. Senast hon var här var tidigare i veckan.

– Är du helt säker på att det var denna vecka? Vilken dag
det var är väldigt viktigt för oss.

– Jag är lite osäker på om hon var här i måndags eller tisdags.

– Tackar. Men finns det något sätt ni kan säkerställa da-
gen mer exakt?

– Jo, vi har ju ett kundregister. Där står det vilka som har
handlat här den senaste månaden av dom som är med
i vår kundklubb. Turligt nog vet jag att hon är medlem.
Tyvärr är det inget jag kan visa er då det handlar om
personuppgifter. Sådant kan vi inte ge ut hur som helst
till vem som helst.

– Självklart inte. Ursäkta, men vi har ju inte presenterat
oss ordentligt. Det är så att vi är detektiver som jobbar
med polisen i ett fall. Vänta så ska du få se min bricka.
Så att ni ser att jag inte ljuger för er.

Det såg nog väldigt oprofessionellt ut när jag stoppade ner
handen i fel fickor ett par gånger innan jag till sist hittade
den rätta. Kanske skulle det vara en bra idé att ha den på
samma ställe varje gång i stället för att bara stoppa ner
den någonstans, så man slipper sådant här i framtiden.

– Okej, den ser äkta ut. Men bara för att ni jobbar med
polisen så är ni inte dom. Så ni får inte söka i registret
själva. Utan den biten sköter jag.

– Absolut, inga problem. Vi vill bara få den exakta dagen
hon var här bekräftad.

– Det kommer ni att få. Men tyvärr kommer det nog ta
en liten stund då allt är lösenordskyddat. Och inte bara
utav ett lösenord heller. Vi tar våra kunders uppgifter
på största allvar.

– Ingen fara. Vi kollar runt i affären så länge. Bara ropa
när ni är klar.

Tjejen svarade inte ens. Hon hade redan börjat att knappa
på sin dator. Hur vi skulle fördriva tiden här inne var
däremot en gåta för mig. Alla varor är ju inriktade på
kvinnor. För mig personligen kändes det lite obekvämt

att gå runt där inne. Som att man inte skulle vara där egentligen. Men sen tänker man ett varv till och då känns det okej. För visst kan män handla här efter något att ge bort till exempel. Henry däremot verkade inte ha några problem alls med att vara här inne. Han gick runt och kollade noga på alla olika plagg som hängde runt om i butiken. Han till och med tog fram några klänningar och höll dom framför sig vid en spegel. Antagligen för att se hur dom såg ut lite tydligare antar jag. Varför han höll på med det var en gåta för mig.

– Varför kollar du på klänningar så noga för? Du har väl ingen flickvän för tillfället eller du kanske ska ge bort en till någon annan?

– Det är ingen gåva. Och nej, jag har ingen flickvän. Men det är ändå intressant att se vad man skulle valt till sin flickvän om man faktiskt hade haft en.

– Du har ett ovanligt sätt att tänka på ibland, Henry. Eller rättare sagt ofta, kanske man ska säga.

– Frågar du mig så ska man vara sig själv och inte spela med samhällsreglerna bara för att andra tycker att dom är rätt. För att smälta in med dom andra. Det är kul att sticka ut och se allas reaktioner. Många tycker säkert att man är galen som inte följer vad dom flesta andra anser som normalt. Folk behöver släppa loss lite mer. Så kommer deras vardag bli mycket roligare. Man ska vara sig själv och ha kul helt enkelt.

– Det var väldigt klokt sagt, Henry. Imponerande.

– Tack, Sören, svarade Henry med stolthet i rösten.

– För att komma ifrån dig, menar jag. Hade det varit någon annan som sa det hade det inte varit lika imponerande. Det här var ju inte menat som allvarligt från min sida. Något som min kollega inte uppfattade. Turligt nog bröts den obekväma stämningen av tjejen bakom kassan som ropade på oss. Precis när jag vände ryggen mot Henry så ringde hans mobil.

– Gå du och kolla vad hon har hittat. Det är bara Sofie
som ringer.

– Varför ringer hon dig? Jag har ju huvudansvaret i det
här fallet.

– Det kanske du har men ni två verkade inte komma så bra
överens. Så jag bad henne ringa mig om det var något.
Du gav mig känslan av att du inte ville prata med henne.

– Du har inte helt fel. Visst hade det bästa för mig varit att
undvika alla samtal med henne. Fast när det är arbets-
relaterat så får man göra det som måste göras. Oavsett
vad man tycker.

– Jag ska försöka tänka på det till nästa gång. Gå nu och
se vad tjejen hittat, så meddelar jag dig vad Sofie har
hittat sen.

Vi gav varandra en bekräftande nickning innan jag tog
mig till kassan för att ta del av informationen som tjejen
antagligen hade hittat. Hon måste ha undrat vad vi höll på
med eftersom det tog rätt lång tid för mig att gå till henne.

– Vad har du hittat för något?

– Hon var här i måndags vid fem i halv tolv ungefär då
hon gjorde ett köp.

– Perfekt. Då har vi något att gå på. Tack så mycket för din
hjälp. Du anar inte hur mycket det här betyder för oss.

Precis när jag avslutat min mening så kommer Henry näs-
tan springande mot mig.

– Sören! Något har hänt som har en stor betydelse för oss.

– Ja, det har det verkligen gjort. Hon var här. Nu är det
bekräftat.

– Tyvärr var det här bortkastad tid för oss.

– Inte då. Klart det här är viktigt. Varför skulle detta vara
bortkastat? Frågade jag förvånat.

– Dom har hittat Eva.

– Har dom? Säg inte att hon också är död?

– Nej, det är hon inte. Dom har arresterat henne. Alla vän-
tar på oss på polisstationen.

§ 15 §

När vi kom fram till stationen och kom in i förhörsrummet där Eva satt fick jag en olustig känsla inombords. Något med allt det här känns overkligt på något sätt. Många frågor snurrade runt i huvudet på mig. Svårast med sådant här är hur man ska bete sig. Under resan hit diskuterade jag och Henry just detta ämne. Efter ett tag kom vi fram till att det är nog bäst att köra professionellt. Som om vi inte känner varandra överhuvudtaget. Man måste lägga sina personliga känslor åt sidan och fokusera på sitt jobb. Eva undvek ögonkontakt med oss när vi gick in i rummet. Vi satte oss mittemot henne. Jag valde att sätta mina armar i kors framför mig medan Henry la sina på bordet i en lite väl avslappnad stil för en sådan här allvarlig situation.

– Låt oss börja från början. Mitt namn är Sören och det här är min kollega Henry. (Det här kändes lite väl professionellt och avståndstagande från vår relation. Men för sent att ta tillbaka det nu.)

– Kan du berätta varför du försvann? Frågade Henry.

– För att hålla mig borta från alla dessa frågor om min mans försvinnande som ni ständigt kom och tryckte på mig hela tiden.

– Tyvärr är det något som måste göras och mycket noggrant. Även om det blir jobbigt så kan man inte bara hålla sig undan. Hade vi inte frågat mycket så skulle både det här och många andra fall bli väldigt svårlösta. Varför kom du inte bara till mig och berättade hur du kände?

– Bara tanken gav mig en känsla av hur fel det vore. Det var svårt nog att gå till dig när Kent försvann och be dig hitta honom. Eftersom ni är släkt. Jag var orolig att dina känslor skulle ta överhand och att du inte skulle kunna koppla bort dom. Att du kanske skulle ta vissa saker som någon skulle ha sagt på fel sätt. Så det blev personligt. Sådant ville jag inte skulle hända dig.

– Tro mig. När man har ett sådant här jobb så måste man lära sig att koppla bort alla sina egna känslor och åsikter när fallen gäller någon man känner. Man måste kunna lyssna på alla och ta in allt. Oavsett vad det gäller. Till sist är det någon som kommer att försäga sig och den detaljen kan vara avgörande för hela fallet. Om vi börjar med när ert hus brann ned. Kan du berätta lite om den dagen?

– Sedan Kent försvann har mina mornar varit i princip likadana. Jag gjorde frukost och satte mig framför tv:n. Den har varit mitt enda sällskap. När den är på så känner jag mig inte lika ensam som när den är avstängd. Tystnaden är skön i början men efter ett tag känner man sig bara ensam. Men för några minuter så kopplas oroskänslan bort. Det var guld värt för mig. Efter frukost gick jag och handlade mat så det räckte för några dagar framöver så det blev gjort. Resten vet ni säkert mer om än mig.

– Vi vet att du var hemma igen när det brann. Visst stämmer det?

– Jag såg brandbilarna och röken komma upp från taket. Så i den stunden förstod jag att om det går att rädda något litet minne så är det värt ett försök. Men sedan började jag tänka på att om ni såg mig där så skulle det leda till minst dubbelt så många frågor. Så efter en stunds funderande så kändes det inte som att dom minnena var värda tillräckligt mycket för att riskera det.

– Så du var nära nog för att se hur kraftig branden var?

– Klart man var lite nyfiken och det var svårt att låta bli att gå in när branden inte såg särskilt kraftig ut. Jag hade gått runt huset och stod på baksidan. Så min bild av branden blev nog inte densamma som för er som såg den från framsidan när ni väl kom fram till platsen.

– Så du gick alltså inte in för att försöka rädda några min-
nen trots allt?

– Nej. Tyvärr ångrade jag mig lite för sent. Röken var så
tjock och jag kunde inte undvika att andas in en hel del
utav den, vilket ledde till att jag svimmade. Tur var ju
det. Så man slapp se den där siluetten av kroppen som
låg där inne.

– Vilket leder mig till min nästa fråga. Har du någon
aning om vem det kan vara?

– Nej. Men eftersom ingen var hemma så skulle det
kunna vara en inbrottstjuv.

– Det är ett möjligt alternativ. Men personligen tycker jag
nog att det inte känns rätt. Vem skulle gå så långt bara
för att stjäla lite småsaker? Varför tända eld på huset?
Ville han eller dom förstöra bevis?

– Det skulle kunna vara så att deras plan inte höll. Så allt
spårade ur. Mord var säkert inte med i brottslingarnas
plan ifrån början.

– Låter inte det som onödigt komplicerat? Att göra så
mycket arbete och ta alla dom risker det innebär.

– Du har rätt. Att först bränna ner huset och sedan lyckas
få ut kroppen utan att någon ska få syn på dom. Trots
allt så befann sig många personer på platsen. Ändå tog
dom risken. Antingen hade dom extremt mycket tur
eller så var allt väldigt noga planerat från början.

– Låter ganska trovärdigt. Men en sak jag undrar över är
hur du kan veta att det varit en kropp där inne? Du sa ju
att du svimmade och aldrig gick in i huset.

– Ehh ... Jag hörde det från konstapeln som grep mig så
klart.

– Du ljuger. Mina kollegor skulle aldrig avslöja några de-
taljer om något fall för allmänheten. Och absolut inte
för någon som blir gripen misstänkt för brott, sa Leif
med irriterad ton.Men det var så. Det är ingen lögn. Jag
lovar er.

– Nej, vi köper det inte. Ingen i det här rummet gör det. Så
kom igen nu. Berätta för oss hur det egentligen gick till.
Till och med jag började bli irriterad i det här skedet.
– Okej, jag hörde det på stan.
– Nu ljuger du igen! Allmänheten vet bara om branden.
Vi har inte låtit någon information om kroppsfyndet
läcka ut. Så om du hört något så är det bara någon som
spridit deras egen teori.
– Om det nu skulle varit en egen teori så kan jag ju fortfa-
rande ha hört den och tagit det som sanning eller hur?
Under hela intervjun har Eva knappt rört en min. Men nu
så kunde man nästan ana ett litet hånflin. Kanske kände
hon att vi äntligen blev överbevisade eller så var hon väl-
digt nöjd med sitt påstående.
– Chansen för att det skulle slumpa sig på det viset är inte
särskilt sannolik. Dessutom har du ljugit för oss flera
gånger. Så nej, vi köper inte den förklaringen. Berätta
sanningen nu! En liten tonhöjning från min sida hopp-
ades jag skulle ge en skrämmande effekt.Okej, okej. Min
nyfikenhet tog över och jag kunde inte hålla mig borta
till sist.
– Så där ja. Nu börjar vi komma någon vart. Varför sa du
inte det direkt?
– För att jag var rädd att bli huvudmisstänkt. Att miss-
tankarna var höga mot mig redan från början var inte
svårt att räkna ut.
– Då kan vi meddela dig att du gjort det mycket värre nu.
Genom att försöka lura oss flera gånger. Vi kan inte vara
säkra på att det är sanningen den här gången heller.
Varför skulle det inte kunna vara ännu en lögn?
– Denna gång är det helt sant. Ni fick mig att tänka om
och inse att det inte var en bra idé att ljuga för er. Straf-
fet blir bara värre om det skulle gå så långt.
– Det var en värdelös idé, kan jag informera dig om. Inte
ens den här gången är du trovärdig. Du kan omöjligen

ha sett eller hört talas om kroppen som fanns där. Den var redan borta när vi gick in i huset. Så att du smög dig tillbaka senare och fick syn på den är helt omöjligt. Så hur förklarar du vetskapen om kroppen?

– Personligen såg jag den inte. Men min vän som jobbar för brandförsvaret, som fick ta hand om branden och säkra platsen, berättade för mig att det var en kropp där inne.

– Ännu en lögn. När ska du inse att lögnerna inte håller? Vi har tillräckligt mycket bevis för att kunna motbevisa dig.

– Detta är ingen lögn! Skrek Eva till mig. Man kunde tydligt se hennes irritation.

– Men när vi frågade dom om kroppen så sa dom att det inte låg någon där inne. Hur förklarar du det?

– Du har inte tänkt på att dom kanske ljög för dig?

– Personal från brandförsvaret som ljuger för poliser? Låter inte särskilt troligt. Men din vän kanske kan berätta mer för oss?

– Ingen kommentar. Ni kommer inte få någon mer information från mig utan min advokats närvaro.

– Om det är så du vill göra så okej. Vi är ändå nöjda med informationen vi fått så här långt.

Henry, Leif och jag lämnade förhörsrummet för att planera nästa steg i utredningen. Vi kände allihop att brandmännen var en ledtråd som vi måste granska närmare. Om någon kan ge oss väldigt mycket detaljer så är det de. Inom kort var vi alla överens om att ta in alla brandmän som jobbade den dagen när huset brann ner. Man ska inte ropa hej för tidigt men äntligen kändes det som att fallet började få sig en lösning.

§ 16 §

Tjugo minuter senare anlände brandmännen till stationen och var redo att intervjuas. Ingen av dom tvekade en sekund på att komma in och hjälpa oss få en tydlig bild av vad som hänt. Jag stod och pratade lite med Henry om hur vi skulle få reda på vem som kände Eva. Min kollega hade en simpel plan för att få svar på det. Hans förlag var helt enkelt att fråga dom. Även om dom försöker ljuga så kanske vi kan se på deras reaktion om det är sant eller inte. Min plan var att försöka ställa frågan lite mer diskret. Men varför krångla till det? Lika bra att försöka få svar så snabbt och enkelt som möjligt. Alla förnekade att dom kände Eva. Förutom en kille som hette Erik. Han var tjugoåtta år gammal och verkade vara den av dom som var mest vältränad. Kort klippt blont hår och relativt lång med sina hundraåttiofem centimeter. En bra strategi i detta läge vore nog att ta det lite mjukt och försiktigt i utfrågningen. I hopp om att han öppnar upp sig lättare om vi börjar på det sättet.

– Så Erik, hur lärde du känna Eva?

– Vi träffades på gymmet. Efter några veckor av att bara hälsa på varandra började vi prata och med tiden märkte vi hur bra vi kom överens. Nu har vi känt varandra i några år. Så på den vägen är det.

– Okej, tack. Du vet ju om att du är här för att tala om branden på Trädgårdsgatan.

– Ja, och ni kommer få varje liten detalj som jag kan minnas från den dagen.

– Tur det. Eftersom ditt namn har dykt upp i utredningen så vill vi ha en hel del svar ifrån dig.

– Va?! Varför har mitt namn nämnts?

– Enligt vår information så ska du ha delat med dig om detaljer om branden till obehöriga.

– Det skulle jag aldrig göra. Vilken av bränderna på den gatan gäller det?

– Spelar det någon roll för dig? När du ändå inte sprider information om något fall.

– Man får väl vara nyfiken?

– Klart man får det, men just nu är det kanske inte den bästa tidpunkten för det.

– Okej. Men om jag omformulerar min fråga. Vilket uppdrag är jag anklagad för att sprida information om? Sådant måste man väl ändå kunna få reda på. Hur ska man annars veta vad man anklagas för?

– Branden i Evas hus är vad vi syftar på.

– Det enda jag delade med mig av var några små detaljer. Men det var bara för att jag känner henne och det var trots allt hennes hus.

– Så det första du gjorde var att ljuga för oss. Om du inte börjar tala sanning och samarbeta så kommer detta att ta lång tid.

– Jag ber om ursäkt. När jag kom in på stationen så slog osäkerheten till. Man vill ju inte att någon oskyldig ska hamna i kläm. Så från och med nu är det sanningen ni kommer att få höra och inget annat.

– Ursäkta mig, Sören. Skulle vi kunna gå ut och prata lite ostört? Undrade Henry. Visst, men det får gå fort. Om det fortsätter på detta vis lär vi få vara här hela natten. Erik, du kan ju fundera på alla detaljer. Så dom blir helt rätt den här gången. Gör det inte värre för dig själv än vad det behöver vara.

Vi gick ut från förhörsrummet och stängde dörren. Visst sa jag att det fick gå fort till Henry men jag hann knappt ta bort handen ifrån dörrhandtaget innan han började prata.

– En sak som slog mig när vi var där inne och som kändes viktig att dela med mig utav tvingade mig att bryta här. Hoppas att det inte är en dålig idé.

– Okej, Henry. Vi förstår. Låt hos höra vad du har för idé.
– Enligt Eva så var hon aldrig inne i huset och såg kroppen men hon visste om den i alla fall. Erik började med att ljuga för oss. En sak som väckt mina misstankar mot dom båda är att bägge har ändrat sina uttalanden och det fort. Något som fick mig att fundera och som leder mig till min gissning. Brandmännen gick ju in först i huset. Skulle inte det kunna vara så att dom är involverade på något vis?
– Intressant vinkel du hittat, Henry. Så du menar att brandmännen var med på det hela och gömde kroppen innan vi fick gå in i huset?
– Det var till och med ett steg längre än vad jag tänkte, men så skulle det ju kunna vara.
– Så hur tycker du vi ska gå vidare med Erik då?
– Vi kopierar lite kriminalserier helt enkelt. Vi går in och säger att nya bevis har kommit fram. Att dom pekar mot både hans kollegor och honom själv. Om någon av oss påstår det med en aggressiv ton så kanske han viker sig. Så vi till slut får höra hela sanningen.
– Beröm ska ges när det passar och Henry, det passar verkligen väldigt bra just nu. Bra jobbat. Låt oss gå in och se vad detta kan leda till för reaktion.
– Tack. Absolut, men glöm inte att vara lite hårdare i tonen.
– Inga problem för mig, Henry. Det vet ju du bättre än dom flesta, sa jag medan jag blinkade med mitt högra öga mot min kollega.
För dramatisk effekt drog Henry upp dörren lite extra våldsamt för att sedan visa mig in med en vinkande handgest.
– Okej, Erik. Nu är det slutlekt! Vi vet hur det ligger till. Nya bevis har precis kommit fram och allt pekar mot dig och dina kollegor.
– Va?! Hur lyckades ni hitta bevis? Svarade han med oro och förvåning i rösten.
– Där har vi det. En spricka i hans svar. Låt oss hoppas att han ger oss ännu mer detaljer.

- Tyvärr så är det inget vi kan avslöja för dig. Framför allt inte i det här skedet i utredningen. Berätta nu hur allt gick till så vi kan fylla i dom sista små luckorna. Samarbetar du med oss från och med nu så ska vi göra vårt bästa för att lindra ditt straff.

- Okej, okej. Så här var det. Jag fick ett erbjudande om att få en stor summa pengar om jag hjälpte till med ett försäkringsbedrägeri. Först skulle vi bara bränna ner huset och ta dom pengarna. Men vi var oroliga för att bli avslöjade alldeles för lätt. Så för att minimera misstankarna om bedrägeri så kom vi fram till att med hjälp av mina kontakter, så skulle jag stjäla ett lik från bårhuset. Om vi tog ett som snart skulle kremeras så skulle alla bevis försvinna. Efter att ha lurat en bekant som jobbar där genom att säga att jag tappat en viktig lapp så fick jag låna nyckeln dit. Eftersom jag har varit där så många gånger förut så tyckte min bekant, att hämta upp den behöver man inte vara två för. Eftersom det finns vagnar där så kan man flytta på en kropp ensam mycket lättare. När den låg i bagageluckan så körde jag till huset. Natten gav mig det perfekta skyddet från att bli upptäckt. Kroppen var tung men man är ju vältränad, så det gick ändå att få in den i huset utan några större problem. Sen var det bara att vänta tills larmet om branden kom.

- Men hur lyckades du få ut kroppen igen utan att vi eller någon av dina kollegor såg den?

- För att dölja var kroppen kom ifrån och för att kunna ge en förklaring om varför den fanns där så lovade jag dom en andel av pengarna om dom bara hjälpte mig att bära ut den och gömma den en bit bort från huset tills alla andra hade lämnat platsen. När vi var ensamma kvar fick dom hjälpa mig lägga in kroppen i bilen igen och jag tog den tillbaka till bårhuset, vars nyckel jag inte hade återlämnat.

- Hur förklarade du alltihopa för dina kollegor då?
- En vän till mig hade en partner som var väldigt våldsam mot henne och var en väldigt otrevlig typ. Något som mina kollegor hört mig prata om flera gånger. Han hade en hjärtsjukdom som skulle förkorta hans liv. Med hur mycket visste inte läkarna. Men eftersom han var så våldsam av sig mot min vän så hoppades jag att det skulle gå fort. Låter kanske elakt men det han gjorde var mycket värre och det här var oundvikligt. Han kunde ha låtit bli att misshandla henne. Mina kollegor förstod mina känslor för det hela. Jag sa till dom att han kommer brinna i helvetet där han hör hemma. Efter hans död så ville jag vara säker på att han skulle brinna. Så därför fick han ligga inne i huset när det brann. Något som mina kollegor efter en tid accepterade. Han led inget av branden eftersom han redan var död. Allt handlade om att rent symboliskt låta honom brinna. Så det enda mina kollegor känner till är att huset brann ner eftersom den var anlagd i träningssyfte. Huset skulle ändå rivas, var det dom fick höra. Så därför fick vi ha det att träna på tillsammans med polisen. Och att jag bara passade på att använda det för att kunna ge mig och min vän en avslutning på hans våld. En hämnd för all skit han orsakade i livet.
- Låt mig gissa. Du hoppades att få en chans med den här vännen senare?
- Ja. Hon är underbar och varken hon eller någon annan ska behöva uppleva sådana saker. Och eftersom allt gick bra utan några problem så var mitt hopp om en framtid med henne stor. Åtminstone fram tills nu.
- Visst är risken väldigt stor att du kommer sitta inne i många år. Men med din hjälp så har vi fått massor med information. Och som utlovat så kommer vi försöka få ditt straff sänkt. Om du bara kan ge oss vem som gav dig erbjudandet om så stora summor?

- Vem tror du? Eva så klart. Eller snarare hon och hennes
  make för att vara exakt.
Även om han just berättat att Eva var hjärnan bakom allt-
ihopa så var jag konstigt nog inte så chockerad över det.
Däremot var Kents inblandning överraskande. Fast det
förklarar ju varför han håller sig borta.
- Okej, då tackar vi för ditt samarbete. En konstapel kom-
  mer snart in här och eskorterar dig till en cell. Medan
  vi förhör Eva igen.
Man kunde utan problem se på både mig och Henry att
vi var lättade nu. Att allt var på väg att lösa sig. Nu var
det bara att få Eva att erkänna alltihopa och efter det är
fallet äntligen avslutat. Man skulle kunna säga att vi är
på upploppet nu och ser målsnöret framför oss. Medan vi
förhört Erik satt hon i en cell lite längre ner i korridoren.
Det är nästan så man hade velat vara där när dom kom-
mer och hämtar henne. Så man fick se hennes förvånade
blick när dom berättar att hon ska in på förhör igen och
inte blir frisläppt. Hon var garanterat inställd på att få
gå. För att försöka göra henne ännu mer nervös så lät vi
henne sitta i förhörsrummet ensam i nästan fem minuter.
Inget får tankarna för en misstänkt att skena så mycket
som att behöva sitta där och bara vänta. Så många olika
scenarion hinner dom gå igenom. Minsta ljud dom hör
inne i rummet blir högre och förväntan över att någon ska
komma in genom dörren finns alltid där. Medan vi står
i det dolda rummet bredvid och iakttar dom hela tiden.
Många gånger kan man se redan i det skedet om personen
kommer ge med sig eller inte. Detta gör man bara för att
förhoppningsvis kunna få svar på sina frågor snabbare.
Lyckas man bryta sig in i deras psyke så har man i stort
sett lyckats nå sanningen. Dags att gå in igen.
- Okej, Eva. Vi vet precis hur det hela har gått till. Vi vet
  även att både du och din man är hjärnorna bakom det
  hela. Så var gömmer han sig någonstans?

- Vi har inget med det här att göra. Och vad får er att tro att han gömmer sig?
- För det första så vet vi att ni har med det här att göra. För det andra så måste han gömma sig, eftersom vi inte hittat några bevis på att han inte är i livet längre. Vi har även fått bevis och ett erkännande som stärker vår teori. Du har ju dessutom själv erkänt att du sett kroppen fast du inte ens hade gått in i huset.
- Men vi har inget med det här att göra! Låt mig gå nu. Det här är bara slöseri med tid. Både för er och för mig. Ni har en mördare att leta upp. Eftersom ni slösat så mycket tid på mig har den personen säkerligen flytt långt härifrån vid det här laget.

Henry drog mig åt sidan och viskade något som gjorde mig överraskad. Men jag tvekade aldrig på att låta honom köra på.

- Sören. Låt mig prova att ställa några frågor nu är du snäll.

Jag gav honom en handgest för att vissa mitt godkännande.

- Okej, Eva. Nu ska du få reda på hur jag med hundraprocentig säkerhet vet att du är hjärnan bakom allt det här.
- Ha! Du kan väl få berätta om din gissning. Jag hoppas verkligen den är mer roande än vad Sören kommit med så här långt.
- För mig kommer den definitivt att vara det. Kommer du ihåg den dagen vi var hemma hos dig och vi blev beskjutna?
- Självklart gör jag det. Något sådant glömmer man inte i första taget.
- Vad bra att du säger så. För nu ska du få höra min så kallade gissning. Precis när du skulle servera oss kaffe så böjde du dig ner för att kunna hälla upp lättare. Bara några sekunder senare så började kulor att vina i luften. Är du med mig så här långt?

– Ehh, ja, det behövs inget geni för att hänga med någon av er.

– Tack vare mitt vapenintresse så kände jag igen vapnet som användes på ljudet. En MP5:a. Plus att dom kulor som togs ut från väggen bekräftade det. Ett vapen som kanske inte är lätt att få tag i för dom flesta. Men jag misstänker att Erik har bra kontakter för att kunna få tag i det mesta om han bara vill. Dessutom har det vapnet en bra precision och lite rekyl. Perfekt för att kunna skjuta exakt där man vill.

– Henry. Hur kan du veta hur ett sådant vapen låter om du bara är hobbyskytt? frågade jag förvånad.

– Jag kanske var lite ödmjuk när jag sa det.

– Varför har du inget sagt tidigare om det?

– Eftersom det här är första gången något sådant här händer mig. Plus min osäkerhet om vad som kan vara viktigt eller inte. Gjorde att mitt val föll på att hålla på den informationen. Om jag så enkelt kan se vad för slags vapen som används så borde ju poliser med så mycket erfarenhet säga något om det. Men eftersom ingen sa något om det så trodde jag inte att det var något viktigt.

– Hade du sagt något direkt när det skedde så hade dom ju vetat vad dom skulle leta efter för vapen direkt.

– Om jag ska vara ärlig så har jag svårt att tro att någon skulle tro mig.

– Även om du anade vad vi skulle tro så hade det ändå varit en viktig detalj.

– Jag ber om ursäkt. Men nu är det löst trots allt. Och du vet ju vart jag vill komma, Eva.

– Det gör jag inte alls. Totalt obegripligt resonemang så här långt.

Man såg på Eva att hon började bli nervös medan hon väntade på vart det här skulle gå. Under tiden som hon väntade på vad Henry skulle säga härnäst började hon röra på fingrarna och hade svårt för att sitta still.

– Det jag vill komma till är att du gjorde allt det där bara
  för att kunna vara närmre golvet. Så du lättare kunde
  slänga dig ner för att inte hamna i kulregnet själv. Allt
  du ville göra var att skrämma oss. Att få oss att byta
  fokus. Få bort alla misstankar mot dig själv. En annan
  sak jag precis råkade komma på var att när du hade böjt
  dig ner så slängde du en blick ut genom fönstret. Allt
  för att du skulle vara så beredd som möjligt inför det
  som skulle ske. Så tillsammans med det och allt som
  du berättat för oss tidigare, plus bevisen vi har mot dig,
  tvekar jag inte en sekund på att du är skyldig.

Eva svarade inte ens. Hennes blick var helt tom och hon
stirrade rakt ner i golvet. Det verkar som att min kollega
lyckats hitta alla dom rätta svaren som vi saknade. Tyvärr
gjorde han det före mig, vilket gjorde mig både imponerad
och irriterad på samma gång. Det är ju jag som är detekti-
ven av oss och dom detaljerna som Henry nu berättat om
borde jag ha reagerat på för länge sedan. Men nu var det
min tur att ställa en fråga till Eva. En fråga som jag verk-
ligen ville ha svar på.

– Okej, Eva. Vi vet båda två att spelet är över. Så kan du
  berätta var Kent befinner sig?
– Han bor på ett hotell i grannlänet. Ni ska få adressen.

Flera tårar rann ner för hennes kind medan hon skrev. Vid
det här laget hade nog allvaret kommit i kapp henne.

– Tack. Att du delar med dig så lätt helt plötsligt. Hur
  kommer det sig?
– Därför om jag ska sitta inne så ska han det också. Vi
  var båda med på den här idén. Så jag tänker då inte ta
  på mig hela skulden.
– Jag förstår. Skriv klart så ska Sofie få ge sig ut och hämta
  in honom åt oss.
– Överlämnandet av adressen fick Henry sköta. Han och
  Sofie kommer ju trots allt väldigt bra överens. Han stod
  där i flera minuter och log ofta under deras samtal. Dom

till och med skrattade vid flera tillfällen. Vad som var så roligt i det här läget vet bara dom. Till sist gav hon sig iväg. Eftersom det kommer dröja ett tag innan Kent är på plats så passade vi andra på att ta en fika och börja planera upplägget inför nästa förhör. Nu äntligen är den här historien snart över.

§ 17 §

Några timmar senare var Kent äntligen på plats. Nu skulle vi få ett avslut på alltihopa. Eftersom Henry lyckades väldigt bra med Eva så ville jag försöka göra det lika bra med Kent. Så därför blev det min tur att ställa frågorna denna gång.

– Okej, då börjar vi. Eva har berättat hur ni planerade allt tillsammans och ni kommer båda att få långa straff för en så här komplicerad sak. Men om du berättar exakt hur allt det här gått till och varför ni gjorde det så kanske vi kan se till att ditt straff blir mildare. Så fråga dig själv om det är värt att hålla allt för dig själv.

– Fängelse är inte något som jag vill sitta i. Så kan jag få ett kortare straff så är det mer än värt att berätta allt för er.

– Oroa dig inte för att Eva ska få reda på vad du sagt.

– Det spelar ingen som helst roll om hon får det eller inte.

Jag kunde inte dölja min förvåning över hur lätt han gav upp. Inte ens Kent kan ha missat det. Men det är klart, han märkte väl direkt att det är lika bra att tala sanning.

– Alltihop gick ut på att få ut försäkringspengar på huset. Men när vi väl hade planer för det så ville vi ha mer. Så därför bestämde vi att min livförsäkring är ju hög, så skulle vi kunna få ut den hade vi kunnat påbörja ett drömliv. Så Eva kontaktade Erik, som efter lite förhandlingar gick med på att hjälpa oss. Dessutom skulle han övertala sina kollegor om en hjälpande hand med en liten detalj. Så vi började med att få mig att försvinna. Sen kom oron för att vi planerat det hela på ett dåligt sätt. Så därför kom vi på att jag skulle åka förbi med en hyrbil och skjuta några kulor mot er. Det var aldrig med i planen att vi skulle träffa någon. Så därför sköt jag dom första kulorna högt så alla hann ta skydd. Efter det gick vi vidare i planen och brände ner huset. Något vi visste skulle gå enkelt. Att få det hela att framstå som en elbrand var inte heller särskilt svårt. Det var då vi påbörjade nästa fas i planen. Genom att lägga in en kropp i huset så skulle det bli mycket svårare att tro att det bara handlade om försäkringspengar. Som tur var kunde Erik hjälpa oss även med det.

– Det var väldigt vad Erik var hjälpsam. Hur lyckades ni få honom att gå med på allt det här? För visst kan man göra mycket för pengar men det här känns överdrivet.

– Eftersom Erik är kär i Eva och hon i honom så var det inte svårt att få honom att gå med på det. Vi sa att om han hjälpte oss att göra det här så skulle både Eva och jag skaffa nya identiteter. Efter det kan dom bli ett par och leva lyckliga tillsammans. Eftersom vi båda tyckte att det skulle vara en för stor risk att fortsätta vara ett par efter allt det här.

– Så du var beredd att förlora din fru för lite pengar?

– Absolut. Vi hade båda ledsnat på varandra ändå. Men att skiljas skulle inte ge någon av oss något speciellt rent ekonomiskt.

– Vilken komplicerad plan ni tog fram. Tråkigt nog för er, en som inte var bra nog.

– Då har du ändå inte hört allt ännu. Det är mer komplicerat än vad du tror.

– Tur att vi spelar in allt det här. Att bara anteckna hade inte varit tillräckligt. Så vad hände sen?

– Ja, som sagt så hjälpte Erik oss få tag i en kropp. Den hämtade han i bårhuset. Han letade igenom papperen för att hitta en som skulle kremeras dagen efter. Så vi visste med säkerhet att alla spår skulle vara borta. Så under natten bar vi in kroppen i vårt hus. Sen var det bara att vänta tills på morgonen och tända på. Sedan vet ni ju vad som händer.

– Hur kommer det sig att ni väntade till morgonen och inte bara tände på direkt?

– Vi ville inte ta risken med att göra allt för tätt. Så vi tyckte det verkade säkrare att vänta lite med det.

– Vilka risker ni tog bara för lite pengars skull. En fråga är dock obesvarad. Hur gjorde ni med kroppen sen efter branden?Det var inte lite pengar. Massor utav pengar snarare. 4,7 miljoner för att vara exakt. Det var enkelt för Erik att dölja kroppen för hans kollegor. Hans roll som insatsledare underlättade mycket. Så när det gick att gå in i huset och hämta kroppen bad han dom hämta utrustning i bilen. Medan dom gjorde detta hämtade Erik kroppen och gömde den snabbt i buskaget. Så när alla hade åkt för natten och inväntade dagsljus åkte vi tillbaka och hämtade kroppen igen. Det är inte lönt att ni försöker hitta vilken kropp vi använde eftersom den är borta sedan en tid tillbaka. Så ni får helt enkelt lita på mig.

– Du berättar allt med mycket detaljer som i stort sett skulle vara nästintill omöjliga att hitta på. Men du säger att Erik och Eva är kära i varandra. Medan ett annat vittne säger att han var kär i sin kompis tjej.

– Men nej, använde han den versionen. Vi sa ju till honom att inte göra det. Det var hans egen idé att förklara hur allt har hänt. I ett försök att få ner sitt straff. Vi sa åt honom att inte använda den versionen eftersom den inte är trovärdig. Visst, historien är inte en total lögn. Skillnaden är att det inte var en vän utan hans ex. Han älskade henne fortfarande när en annan kille kom in i bilden. Något han inte blev glad över. Men att han var en elak typ är inte sant. Och inte biten med att han misshandlade henne heller. Allt var för att dölja sanningen. Han kände sig dåligt behandlad av henne som dumpade honom. Något som tyngt honom en längre tid. Men så började han och Eva ses på gymmet och allt förändrades. Han hittade kärleken igen och ville behålla den till varje pris den här gången.

- Så förklaringen till varför han tog den kroppen var
falsk?
- Ja. Allt var för att försöka skydda Eva. Och han försökte
skylla på sina kollegor för att lindra sitt eget straffytligare.
- Okej, vi har hört tillräckligt. Lås in honom.

Känslan av att äntligen vara klar med det här var fantastisk. Att det skulle sluta så här var den största överraskningen i mitt liv. Så här långt i alla fall. Man vet aldrig
vart livet för oss i framtiden. Henry, jag och Leif med alla
sina kollegor tackade varandra för ett fint samarbete. Nu
fanns det inget mer för oss att göra. Så när vi hade lämnat
stationen vände jag mig mot min kollega för att ge honom
ett uppskattat förslag.

- Efter allt det här behöver vi vara lediga ett tag, känner
jag. Vad säger du om att ta en månads semester? Vi har
jobbat så hårt och långa dagar så länge nu att vi behöver
ta igen oss ordentligt.
- Det skulle sitta fint med lite ledigt nu, svarade Henry
med ett stort leende.
- Då säger vi så. Vi ses lite längre fram och ta det lugnt nu.
Varva ner ordentligt och hitta inte på en massa dumheter.
- Nej då. Jag tänkte bara renovera om där hemma. Bygga
klart allt som jag vill ha runt huset och lite sådant där.
Sen ska jag nog skaffa mig en bil att renovera. Jag har
alltid drömt om att ha en klassiker i fint skick hemma,
svarade Henry och avslutade med ett leende.

Bägge brast ut i skratt som sakta dämpades för att vi började titta i varandras ögon och allvaret tog överhand. Vi
tog fram händerna för ett sista handslag för en tid framöver. Ett sista leende mot varandra innan vi vände oss bort
och började gå åt varsitt håll. Efter några steg kom jag på
vad jag glömde säga till honom.

- Henry! En sista sak innan vi går för långt ifrån varandra
för att kunna höras.

– Ja, Sören? Vad har vi glömt?

– Du har inte glömt något men jag däremot har gjort det. En sak vill jag säga till dig som jag vill att du ska ta med dig på semestern. Bra jobbat och ha det så bra min vän.

– Det ska jag absolut göra. Kallade du mig verkligen för vän?

– Självklart. Du vet att vi har varit kompisar länge. Bara det att du väntat på att jag ska bekräfta det. Nu var det dags att låta dig höra det som du längtat efter.

– Varför har det varit så svårt för dig att kalla mig din vän? Du tog god tid på dig för att uttrycka mig milt.

– Jo, jag vet. Sanningen är att min förra kollega och jag kom väldigt bra överens. Vi jobbade mycket ihop. Med tiden blev vi vänner. Vi umgicks mycket även på vår fritid. Tyvärr så pass mycket att vi började bli osams på jobbet. Bara för att vi började pika varandra för mycket. När en av oss tog illa vid sig så försökte man såra den andra. Detta eskalerade och till sist gick det över styr. Vi slutade jobba tillsammans samtidigt som vår vänskap upphörde. Det tog lång tid för mig att behandla det som hänt. Till sist kunde jag gå vidare. Så efter allt som hände mellan oss ville jag undvika en sådan situation igen. Mina minnen av det hela avskräckte mig. Tills jag insåg att man inte kan vara rädd för saker som kanske kommer att ske. Så nu vet du varför jag gjort som jag gjort.

– Oj. Vilken sorglig historia. Jag förstår verkligen varför du varit så försiktig. Men historien kommer inte att upprepa sig. Vi kommer att förbli vänner.

– Det vet jag att vi kommer göra. Och med dom orden avslutar jag med att säga. Ha det så bra min vän så hörs vi framöver.

– Hej då, Sören, min vän. Ha det kanon.

Jag kunde inte se Henrys ansiktsuttryck ordentligt på grund av att vi stod några meter ifrån varandra. Men det behövdes inte heller. Jag visste mycket väl att han kommer ha det största leende han kan få fram resten av dagen. Han kommer få ont i käkarna på grund av det. Men jag vet att han tycker det är värt det. Nu blir det att gå på semester med glädjen och vetskapen om att man har en bra vän och kollega att jobba med när det är dags att sätta i gång igen. Min dag kommer avslutas på soffan. Att bara njuta av att fallet äntligen är över. Sen får vi se vart min semester tar mig. Och med det avsluta min berättelse om hur mitt första fall visade sig vara något helt annat än vad det först verkade vara.

§ 18 §

Henry sprang så fort han kunde över en äng. Han blev jagad och fotstegen blev högre när den som jagade honom närmade sig. Förvåningen över att han inte var snabbare än så här fick honom att känna sig lite gammal. Till sist lyckades han inte hålla sig undan längre. En hand tog tag om hans vänstra axel. Henry visste att det inte skulle vara någon idé att göra motstånd. Så han kastade sig på mage ner på gräset och inväntade vad som skulle ske härnäst. Hans förföljare vände på honom så att han låg på rygg. Han kände en tryckande känsla över magen. Den jagande personen hade satt sig på honom. Nu var stunden inne. Han hade inte öppnat sina ögon sedan han landade i gräset. Han fortsatte att blunda och invänta vad som skulle ske härnäst.

– Ha! Jag fick dig! Nu ska du få vad du förtjänar, skrattade Sofie innan hon lutade sig ner och gav honom en ordentlig kyss.
– Haha, jag ger mig. Du vann. Så nu tycker jag att vi ligger här och bara tar det lite lugnt. Jag behöver hämta andan. Dessutom vill jag gärna njuta av tillvaron och framförallt sällskapet, sa Henry innan han kysste henne tillbaka.

Precis när deras läppar fick kontakt så ringer hans mobil. Han tvekade på om han skulle svara och förstöra det här ögonblicket. Men när han såg att det var Sören som ringde så kunde han inte låta bli.

– Ja hallå, det är Henry.
– Hej, min vän. Det är Sören här. Hur är det med dig?
– Vad roligt att du ringer. Jodå, jag har det underbart. Hur har du det själv?
– Jodå, man ska inte klaga. Allt är bra. Vad gör du för något som gör att din tillvaro är underbar?

– Jag ligger på en äng med min älskling vid min sida och
myser. Så det kan inte vara annat än underbart.
– Grattis, vad roligt att du träffat någon. Vad heter den
lyckliga?
– Men det vet du ju, vi jobbar ju ihop. Det är ju jag, haha.
– Jo, jag förstod att du var den ena, men vem är den andra?
– Det är faktiskt också någon som är bekant för dig och
som du vet namnet på. Sofie.
– Jaså, har ni blivit ett par? Ännu en gång grattis. Jag vet
att hon och jag inte kom överens så bra. Men jag är väl-
digt glad för eran skull. Så roligt att du har någon att
dela livet med nu. Hur blir det med huset då?
– Det mesta är faktiskt klart. Sofie och jag bor där ihop.
Så vi hjälps åt med renoveringen. Allt har gått jättefort
och smidigt med hennes hjälp.
– Vad roligt att höra. Hur känns det nu när det bara är
en vecka kvar tills det är dags att börja jobba igen då?
– Ta inte det här på fel sätt. Men det ska bli roligt att börja
jobba igen. Men när man ligger så här och njuter med
sin älskling så vill man inte att den stunden ska ta slut.
Man vill bara ha det så här hela tiden.
– Hela tiden är ju svårt. Men vet du vad, min vän. Du för-
tjänar att få njuta ett tag till. Som din chef så ger jag dig
härmed en extra vecka ledigt. Det var trots allt du som
la dom sista pusselbitarna i fallet.
– Tack så hemskt mycket. Det är ju fantastiska nyheter.
Tusen tack.
– Hehe, varsågod. Eftersom jag inte har tid att vänta på
att du ska tacka mig tusen gånger så lägger vi på nu.
Njut nu av allt du har och så hörs vi några dagar innan
du kommer tillbaka. En sak till bara. Hälsa Sofie från
mig.
– Självklart, min vän. Ha det så bra nu och ta det lugnt.
Hejdå, min chef och vän.
– Hej då, Henry.

Henry hann knappt lägga på förrän Sofie frågade vad det var för fantastiska nyheter.

– Jo, jag tror du förstod att det var Sören som ringde. Han hälsade till dig och gratulerade oss för att ha hittat varandra.

– Oj, det var inte dåligt. Att han önskade det med tanke på att vi inte alltid drar jämt.

– Lyssna på det här. Han tyckte att det lät så mysigt när jag sa att vi låg här tillsammans att han gav mig en extra vecka ledigt.

– Ja, det var fantastiska nyheter. Nästa gång vi ses ska jag tacka honom och glömma allt som varit. Så vi kan börja om ifrån början. Efter en sådan här fin gest så är jag säker på att vi kommer att kunna komma överens.

– Det gör mig glad, svarade Henry med ett stort leende.

– Sen tog han sin arm över Sofie och dom la sig i gräset igen. Båda tittade in i varandras ögon och log innan dom gav varandra ännu en kyss.

Själv satt jag hemma och började fundera på hur min förra relation slutade. Efter att hon varit otrogen så vågade jag inte påbörja en ny relation. Rädslan över att bli sårad igen har hållit mig tillbaka. Men efter att ha hört glädjen i min kollegas röst nu när han har Sofie väcktes mina förhoppningar igen. Den glädjen vill jag också känna. Tankarna gick till Anna på fiket. Vi har visserligen inte pratat så mycket men dom gånger vi gjort det har hon varit supertrevlig. Hon verkar vara det mot alla. Något som jag tycker är charmigt. Hennes humor och glädje ger mig en varm känsla. Jag bestämmer mig för att gå dit och se vad som händer. Ger man det inte en chans så får man aldrig veta svaret på om det finns några känslor som kan utvecklas till något fantastiskt. På med rocken och halsduken. När jag gick ut log jag, innan jag stängde dörren och gick.

FÖRFATTARENS TACK.

Precis som många andra ska man ju tacka några som funnits vid sin sida genom skrivarprocessen. Eftersom jag misstänker att det endast är dom som är bekanta med författaren på något vis som läser detta så tar vi det kort och snabbt. Den här boken tog lång tid att skriva på grund av många bakslag i livet. Men tack vare mina föräldrars, Torgnys och Christinas stöd och tålamod genom den tiden lyckades jag ta mig igenom den och till slut slutföra denna bok. Vet att det tog hårt även på er. Så stort tack för allt. Och tack till min vän Håkan som jag kunnat bolla några idéer med och fått mycket bra feedback ifrån. Så där ja. Kort och snabbt som utlovat. Bara en person kvar att tacka. Dig. Du som läst den här berättelsen. Hoppas den var lika rolig och medryckande för dig. Som den var för mig medan jag skrev den.
Tack allihop en sista gång.
/Robin Hedberg